方正廉洁文学系列

失足之戒

子琰 ———— 著

SHIZU ZHI JIE

中国方正出版社

目 录

被骗也是一种罪 / 3

爸爸逃哪儿 / 23

灯"谜" / 41

诡秘直播 / 59

家的诱惑 / 71

李局的病 / 99

区长的读心术 / 113

谁送的 5000 元 / 127

桃花计 / 139

我得了一种只能说真话的病 / 151

张久久穿越记 / 165

真乃贤妻 / 179

球 / 193

被骗也是一种罪

一

洛升接到穆总的约饭短信后,不耐烦地把手机撂在一边。

他最近茶不思饭不想,哪有心思聚会。

手机执着地响。

洛升拿起电话,正欲发脾气,电话那头,穆总殷勤地说:"洛主任,今天的聚会有高人参加,正好可以解您的心头大事。"

洛升一眯眼睛。他的"心头大事"十分隐秘。穆清云那个商人,又能知道几分?

但听他言之凿凿,洛升想,反正下班了也没事干,不如就去逛一圈,看看所谓的"高人"是哪路神仙。

| 失足之戒

这次的局不大，只有三个人——洛升，穆清云，还有那位"高人"。

"高人"名曰王贤，着一件白色中式褂子，戴眼镜，大背头，面色白皙红润，颇显富态。与洛升交谈，态度不卑不亢，语速不急不缓。几次开口，都有意无意点到了洛升内心深处的痛点。

洛升心里对他的排斥减少了几分。

这次的局不喝酒，只品茶。王贤对茶很有研究，说起来头头是道，举手投足间，也透着一股子不食人间烟火的仙气儿。

洛升品茶的同时，默默观察他。

突然，王贤的手机响了。他取掉眼镜，支着胳膊把手机拿远，看是谁来的电话。

洛升装作无意瞥了一眼，看到了他的手机屏幕。

来电显示："中央××部副部长　谭××。"

洛升小小吃惊了一下。

王贤还是淡然模样，不急不缓，对洛升说："洛主任，失陪一下，我去接个电话。"

王贤离席，洛升问穆清云："你在哪儿认识的他？"

穆清云压低声音："上次吃饭，组织部的刘处带来的，

被骗也是一种罪

我感觉来头不小,就要了他的联系方式。"

"组织部?市委组织部?"

"对啊。"

"二处的刘先柯?"

"对对对,就是他。"

洛升皱起眉头,喝了一口茶。

他的"心头大事",不复杂,也很复杂。

就是干部在意的那点事儿:提拔。

洛升的从政生涯有过高光时刻。他担任过临屏镇镇长、高新区建筑公司总经理、三坝街道党工委书记,都是重要岗位,干了"征地万亩、建座新城"的"大事业",常以此自居最优秀的市管干部。

然而五年前,届中调整干部,洛升没"升",反而"落"了。

他被调整到市人防办担任"一把手"。

从那以后,心态崩了,怨恨如野草,开始在他心底疯长。

他用"躺平"来无声抗议。

上班得过且过,办公室门总是关着,神龙见首不见尾。

下班小酒天天有,和老板、朋友打麻将赌博,打发他自认为"已经废掉的人生"。

然而,就在今天,见到王贤以及他的来电号码……洛升这根枯萎的枝丫冒出了一绺新芽。

组织部二处的刘处长，正好负责人防办的组织人事工作。

王贤是他带来的，这王贤必与组织部有密切的关系。

刚才王贤又接到中央部委领导的电话，说明他在北京那边也有关系，且关系不是一般的硬……

这些碎碎的念头在洛升心里快速转了一遍。再回过神来，他淡然自若，带着一抹不以为意的笑容。

王贤回来了，跟洛升道歉："不好意思啊，久等了。我是帮市委办公厅的人办点事，最近不是快有干部调整了嘛，大家都在活动……"

"哦，是吗？"洛升啜着茶，目光飘忽。

屋里安静了一瞬。

"哎？"穆清云打破了寂静，"洛主任！您没想动一动？"

洛升抬眼望向他："动什么？"

"啧，树挪死人挪活，您想往哪儿动，趁这次机会，动起来啊。"

穆清云说得直白，洛升也就不装了，放下茶杯，叹道："这不是我想动就能动的。要能动，五年前就一步到位了，至于蹉跎这么多年？"

穆清云对王贤道："王老师，我们洛主任，年轻有为的干部,县级那么多年了,早该解决一下了。您那边有没有认识的人,能搭上线的,帮洛主任说说话?"

王贤笑了一下:"洛主任有什么想法?"

洛升眯了眯眼睛,道:"嗨,能有啥想法,这么多年,二巡都解决不了,认命啦。"

二

许是普洱茶醒神功效太强,这一晚,洛升翻来覆去睡不着。

大脑极度清醒,或者说有点躁动。这几年浑浑噩噩,整个人都没了曾经的精气神。归根到底,是组织待他太薄啊,太薄!

第二天开车上班,有一辆车要变道,洛升就是不让路,死别着那辆车,嘴里骂骂咧咧:"不会开车就别上路!"

这几年,洛升的路怒症越来越重。"志向高远"却不得伸展拳脚,怨气都发泄在汽车这个狭小又安全的空间里了。

结果,"砰",两车碰了。

两位司机下车又是一顿吵。等交警来处理的空当,洛升平复了一下心情,觉得自己一个领导干部,跟普通老百姓在街头嚷嚷,掉价儿。

唉,到底是心气儿不顺,整个人状态都不对了。

到了办公室,洛升靠在椅子上,闭目,眼前竟浮现出王贤那张富态的脸和他神秘的笑容。

鬼使神差地,他拨通了穆清云的电话。

他仔细问了穆清云关于王贤的信息。

电话里,穆清云把王贤夸上了天,说省里一半的干部都和王贤交好,市里就更不用说了,王贤一个电话能搞定一个县级职位。

洛升想了一下,小心翼翼地说:"那我这个……"

"您就说吧,您想往哪儿发展?"穆清云直截了当。

"我没什么野心,起码该有的,解决个副厅……能到省里任职就更好……混仕途嘛,咱不求别的,只求组织能重用。"

"好,我这就跟王贤说说!"

"你先别说得太直白,先探探他的口风,我们刚跟他认识,人家愿不愿意帮,能帮到什么程度,都不好说……"

"洛主任放心吧,这些我都明白,您等我信儿啊!"

下班路上,洛升接到了穆清云的电话。

"洛主任,问清楚了,您的问题不是问题,他能解决。"

"真的？靠谱不？"

"靠谱，人家是'高人'，哪会随便承诺。"

"嗯，那挺好啊！那你看……接下来怎么着？"

"那个……人家给咱办事，不是白办的，您想想他那些资源值多少钱？"

"哦，什么意思，要塞钱是吧？"

"对，对对。"

"多少钱？"

"还没聊到这么深……不过听说，市委办公厅的人给了100万元。"

"啥？"

洛升猛踩一脚刹车。

后头车疯狂鸣笛，表示强烈不满。

"100万元！太离谱了吧！"洛升提高了声调。

"哎呀，洛主任……"穆清云一声苦笑，"一个官值多少钱，我这行外人不知道，您这行内人还不知道？"

洛升沉默片刻，说："我先想想吧。"

又是无眠的一夜。洛升脑袋里仿佛有一个大大的天平，一边是仕途，一边是100万元，孰轻孰重，左右摇摆。

一周之后，洛升联系穆清云，让他把王贤约出来详聊。

地点选在了穆清云家，足够私密。

这次，王贤根据洛升的需求，给出了详细价码：80万元。

说是看在穆老板面子上的友情价。而且这80万元也不是他王贤自己拿，上下打点都得花钱。

"能成吗？"洛升小心翼翼地问。

"包成。"王贤语气沉着。

洛升思虑许久，道："一个月内，钱到位。"

王贤点点头，道："尽量快点，工作越早做越好，拖到跟前，就被动了。"

回到家，洛升就开始琢磨这80万元从哪儿弄。当然不能问老婆要存折，这件事，甚至都不能让老婆知道，她肯定不让干。

洛升想到了一个人，也许，可以让他出钱。

他是裕华房地产的老板——陈昔。

两个月前，陈昔找到洛升："洛主任，有件事想请您帮帮忙。"

根据省里规定，三类和省人防重点城市的防空地下室易地建设费每平方米40元，这对承担防空地下室建设义务的房地产开发企业来说，不管自己建还是缴纳费用由政府部门代建，人防建设费都是一笔不小的开支。

陈昔在如何逃避人防费用上动起了心思，请求洛升帮助免除易地建设费用，并承诺事成之后会有不少感谢费。

当时洛升没有明确表态，只说成与不成还要"研究研究"。

现在，"研究"好了，陈昔这个忙他要帮。

洛升随即打电话给陈昔，告诉他可以操作。陈昔十分高兴，约洛升"出来坐坐"。

在餐厅包厢，陈昔给了洛升20万元感谢费。

感谢费装在一个黑色塑料袋里，洛升掂了一下，沉甸甸的。

这就是权力的重量。

席间，他跟陈昔说："你如果还有别的项目需要我帮忙，或者别的朋友需要我帮忙，都可以来找我，以后咱们就是兄弟。"

"哎哎，洛哥！这杯我干了！"

之后一阵子，洛升在陈昔的安排下，又见了几个老板，收了50多万元。

钱筹齐以后，洛升把现金交给穆清云，让他转交王贤。

王贤收到钱后，让洛升安心等待。

洛升等，但等得并不安心。

每次办公电话一响，他都激灵一下，期冀是组织部或者上级领导打来的。

等啊等，盼啊盼。

干部调整快结束了，也没个动静。

洛升，怕是又升不成了。

洛升第一反应：王贤是个大骗子！

他怒不可遏，给王贤打去电话——退钱！

王贤不紧不慢，淡淡道："洛主任，你是不是自己又去找过组织部？"

洛升一愣，他确实去联系过组织部的熟人，实在等不及了，就去探探口风，也委婉表达了一下自己的诉求。

"我着急，就找了一个同志打听打听，怎么了？"

"哎呀！我正在给你活动，你又跑去找人，一下子就坏事了。"王贤语含责备，"干部调整这种事，敏感得很，哪个关节出点问题，牵一发动全身。这些您应该比我懂啊，怎么犯这么低级的错误呢？"

洛升虽然觉得不至于那么严重，但还是被王贤给吓住了。

难道，真的是自己的擅自行动打乱了计划？

| 失足之戒

"好吧，王老师……"洛升放低姿态，"那您看，还有补救的办法吗？"

"补救可以……"王贤沉吟片刻，"但我还要上下打点，就不是现在这个价了。"

三

再加 100 万元。

数字很吓人，但洛升现在对这些不是很敏感了。

上次筹措 80 万元，两个星期就搞定了。只要你敢干，哪儿哪儿都是钱。就连人防办这样的冷衙门，也不例外。

现在要考虑的是让谁来出这 100 万元？

洛升想了一圈，想到了王褚玉——省某特种门业有限责任公司总经理。

为了抢占市人防设备工程市场，不久前王褚玉通过穆清云搭上了洛升，想通过他拓展公司人防设备工程业务，并与他约定按签订合同价 10% 的比例返给好处费。

洛升觉得风险太大，回复说"再研究研究"。

现在，"研究"好了。

他把王褚玉约出来，跟他商定，好处费一次给清，100

万元。以后市里的人防大型项目设备采购，都优先王褚玉的公司。

王褚玉一琢磨，这个划算啊，原先按签订合同价10%返利，他们估算大概要出700万元。这位洛主任一出手，直接砍到100万元，真乃清官！

一拍即合。第二天，王褚玉把100万元打到了洛升指定的账户。

不久之后收到王贤的回复：这次应该能办成，请安心等待。这段时间不要主动联系他，事成之后他会联系洛升。

从这天开始，洛升便翘首以盼，诚心等待。

在办公室里无聊的时候，他还给自己规划了"十年升迁路线图"，列出了自己理想中每一次升官的时间、职级、任职单位，连给王贤支付的费用都纳入"预算"，还写明了钱从哪儿出。

有了王贤这个"外挂"，游戏通关不是梦。

然而，升官梦做了两个月，周围的干部该调整的都调整了，洛升从美梦中醒来，后知后觉地发现，自己怎么没戏了？

他联系穆清云，电话无人接听。又不顾王贤的"指示"，主动给他打去了电话。

"您所拨打的电话已停机。"

洛升搞不清状况了。一个念头冒出来,他吓出一身汗,"那个王贤大师该不会是个骗子吧?"

洛升一下子从沙发上弹起来:"不可能!他和上面领导都有关系,我亲眼看到的!还和那么多本省的官员来往密切,如果是骗子,会有人看不出来?"

去上班的路上,洛升还在不停地打电话找穆清云,终于联系上他的前任司机,那司机说:"穆老板……前两天好像被带走了。"

"被带走了?被谁带走的?"

"好像是纪检监察机关。"

洛升浑身的血瞬间凝住。

他盯着前方的红灯,脑袋里冒出一句话:红灯停,绿灯行。

他知道自己闯了红灯,可从没想过闯红灯的代价会有多大。

直到进了留置室,洛升都觉得王贤会来救他。

毕竟他认识上面领导,是神通广大的"高人"。

负责和洛升谈话的是市纪委副书记杨辛。

杨辛说:"洛升同志,像王贤这种人,我们在办案中见过，他们就是政治骗子。"

"骗子？怎么可能？他是组织部的人介绍的，我还见过他接中央部委领导的电话！"

"你亲眼看到组织部的人介绍他了？"

"……没有。"

"你确认他接的是中央部委领导的电话，而不是他的同伙给他打的电话？"

"来电显示是中央××部领导啊！"

"那还不简单！他完全可以把同伙的号码改成这个备注，然后让同伙在特定时间给他打电话，正好让你看到。"

洛升觉得自己的三观碎了。

那个被他奉为座上宾、用上百万元去"进贡"的大师，竟是个骗子？

他不愿相信现实，仍做困兽之斗："听说有些干部靠王贤的帮助提拔了，这应该是真的吧？"

杨辛摇摇头："真正获得提拔的，从来都不是靠政治骗子。信政治骗子的，根本就不可能被提拔。原来的那个天津市市长，他奉为座上宾的那个政治骗子，就是个普通市民。还有的党员领导干部被政治骗子骗了二十多年。在我们国家，政治骗子永远不可能帮你个人达到升官的目的。

不想着做个好干部,还妄图通过歪门邪道谋求晋升,不但丢财丢人,还可能违纪违法。"

洛升怔了一会儿,眼里闪着泪光。他终于领悟了,多么痛的领悟!

他低头抹泪,哑声道:"我……我被骗了,也属于受害者。难道被骗也是罪吗?"

杨辛叹了口气。

"洛升同志,轻信这些人,还跟他们保持交往,你政治上太不清醒了!没错,有时候,被骗也是一种罪。"

插图:四川天府新区纪工委监察工委

爸爸逃哪儿

在东南亚的一个古寺门口,我见到了一个怪人。

他看上去七十来岁,衣衫褴褛,骨瘦如柴,皮肤黝黑如炭,脊背佝偻着,颤颤巍巍蹲下,拾起游客扔在地上的零食袋。

我上完香,用英语与僧侣攀谈起来,问起那个怪人:"外面那流浪汉好可怜,感觉快饿死了,你们怎么不管他?"

这边的寺庙常收留无家可归者,最起码也会给他们提供饮食。

那僧侣摇摇头,道:"他不是本国人,我们想帮他联系大使馆,送他回国,他不愿意,我们也没法管他。"

出了寺庙,那个怪人还在门口徘徊。发现我在观察他,他目光突然慌乱,转身就走。

我喊道:"Wait, sir! Are you Chinese?"

"No, no, no."他使劲摆着手,一瘸一拐地逃跑,"Not

| 失足之戒

Chinese, not Chinese!"

我追上去,挡在他面前。

"我有吃的,如果你是中国人,我就给你吃。"我用普通话说。

他畏缩着,低头抬眼,快速与我对视了一瞬,又立即把目光移开。

他好像很怕。不知他在怕什么。

"我是……中国人……"他用带着南方口音的普通话回答我。

我从背包里拿出一个面包,递给他。

他迟疑地接过面包，走到一边的阴凉处，贴着墙根一蹲，狼吞虎咽起来。

我在他身边坐下，又递给他一瓶水，轻声说："慢点吃，别噎着。"

他麻木地望向某处，目光没有聚焦，只有嘴在机械地咀嚼着。

我更加好奇。这个中国人，在异国他乡究竟遇到了什么，竟沦落至此，还不愿回国？

可不管我再说什么，他都不愿回答了，甚至都不敢和我有眼神接触。

之后的几天，我每天都去寺庙上香，每次都给那怪人一些吃的。

渐渐地，他不再那么排斥我了。

我了解到他姓赵，今年五十八岁。

而他的外貌，明明已是七十古来稀了。

"谢谢你。"有一天，他主动开口对我说。

"赵叔，不用客气，中国人在外就要帮助中国人嘛。"

他的嘴唇颤抖了几下，沙哑地说："我离开中国已经二十年了。"

"哦……那有想过回国吗？"

"不回，我不要回国！"他悚然，像是想到了什么特别可怕的事，"我死都不要回国！"

"那你早晚会死在外面的，孤独一人。"

他抬起头，望向远方，目光渐渐有了焦点，喃喃道："我在美国是有别墅的……"

这一天，伴着淅淅沥沥的小雨，赵叔给我讲起了他离奇又坎坷的经历。

二十年前，他在国内已功成名就，早早就在美国购置了房产，准备提前享受退休生活。他还记得那一年的8月31日，他带着全部家当和女朋友移民美国。在飞机上，他梦到了天堂般美好的日子。

可是，在洛杉矶落地后，他和女朋友被拒绝入境。

他们不想回国，就辗转荷兰、瑞士，来到新加坡。

刚到新加坡，他就感觉被跟踪了，而且跟踪者丝毫不掩饰行迹。他和女朋友每天都要换酒店，整日忐忑不安，寝食不宁。

没办法，只能离开新加坡，到达缅甸邦康。

一到邦康，他就被一个当地的武装组织逮住。"当时就发给我一杆冲锋枪，我背着枪就跟着他们去巡山了。我从来没用过枪，吓得我胆战心惊。"

花了很多钱,他终于被武装组织释放。又花了很多钱,偷渡离开缅甸,辗转多地,到了现在这个国家。

钱已经花得差不多了。

他在美国的财产早已被冻结,他又不会本地语言,找不到像样的工作。

不久之后女朋友离他而去。

"我在菜市场附近的人力市场找工作,做沿街揽活儿的临时工,小工、搬运、保洁,什么都干。那里揽活儿的民工不少,经常一整天也揽不到活儿。我还摆地摊,卖工艺品,反正是朝不保夕,苦苦挣扎。"

由于没有合法身份,当地人经常对他敲诈勒索,摆摊是摆不下去了。

有三年时间,他靠着在殡仪馆背尸体勉强谋生。后来腰伤复发,尸体也背不成,彻底没了工作。

之后就在城市与乡村之间辗转,实际上已经成了流浪汉。

"二十年了,没吃过饱饭,没睡过安稳觉。"他咧开嘴,指着零星几颗发黄的牙齿,"牙早都掉光了,剩下这几颗假牙的牙套,都是用520胶水粘的。"

我听完,只能一声叹息。不得不说这个赵叔,讲述起自己的故事,虽然惨兮兮的,但清晰而有逻辑,想来应是受过良好教育,原本也有着大好人生,为何宁肯烂在异国他乡,也不愿回到祖国。

"家里还有人吗?他们怎么不帮你?"我问赵叔。

"家里……"他紧蹙的眉头蓦然皱得更紧,"有一个老母亲,有妻子,还有一个女儿。从来没联系过她们。"

"为什么不联系?"

"混得那么差,没有联系的必要了。"

"也许她们都在想你,期待你回国。"

他冷笑了一下,木然道:"不可能。"

雨点敲打着香蕉树叶。这里的雨季像蛇一样,又长又黏。赵叔说他平时就睡在屋檐下,有时在野外搭帐篷。

我们聊了那么久,他一直在揉膝盖,向我解释:"风湿犯了。"

我突然问他:"赵叔,你是祁县人吧?"

他一愣,望向我的目光快速闪烁。我以为他要逃。

可他的目光最终安定下来。他没有逃,平静地问我:"我是祁县人,你怎么知道?"

"因为你的普通话带着很重的祁县口音。我也是祁县人,能听出来。"

"你也是祁县人？"他很是吃惊。

我笑了笑，听着雨声，沉默了一会儿，一字一句地说：

"世界就是这么小，爸爸。"

这一声"爸爸"，就像一把刀，把对面的男人扎得痛呼而起。

"你，你是谁？"他惊恐地望着我。

我不慌不忙，从背包里拿出一张照片，递给他。

他抢过照片，盯了许久，嘴唇在颤抖。

照片上是一家三口的合影。

西装革履、意气风发的爸爸，温柔美丽的妈妈，还有可爱的女儿。

照片左下角标明了照片拍摄日期：2003.8.30。

他看看照片，又看看我；再看看我，又看看照片。

"小、小笛，你是小笛？"

"是我，爸爸，我长大了。"

2003年8月30日是我的十岁生日。那天爸爸和妈妈带着我去了游乐场，拍了全家福，我特别开心。

第二天，8月31日，我的爸爸王国辛就不见了。

妈妈抹着眼泪告诉我："爸爸自己去了美国，不要咱们了。"

我再也没有开心过。

刚开始我不懂，爸爸是国企的老总，挣钱多，还受尊重，他为什么要舍下国内的一切，去美国呢？

后来我才知道，他贪污了上千万元，到美国是去躲罪的。

爸爸高大伟岸的形象在我心里瞬间崩塌。

之后很长一段时间，爸爸的形象在我心里是模糊的。成功的爸爸，爱我的爸爸，违法犯罪的爸爸，弃我而去的爸爸……这些爸爸纠缠着我，我认不出来哪个才是真正的爸爸。

直到再长大一些，我才明白，爸爸只有一个，他躲在这个世界的某个地方，等待我的救赎。

我想考警校，可因为我爸贪污犯的身份，我没法通过政审。

我后来去了一所重点大学学习英语专业，硕士转攻国际法。

我天真地想，以后学成了，就靠自己的能力，把爸爸找回来。

如今，二十年过去了，我才见到了我的爸爸。记忆里伟岸的爸爸，成功的爸爸，变成了这个赵叔，佝偻、肮脏、贫弱、惊恐如过街老鼠……

"那天走得很急,当时突然得到消息,我的秘书被调查了,我赶紧买机票离开,都没来得及跟你们娘俩告别。"他抬起头望向我,浑浊的眼珠子里射出灼灼的光,难掩激动。"是啊,跟小时候长得很像,像你妈妈,我怎么就没认出来呢……"

我鼻子一酸,低头用丝巾抹掉了泪。"爸,咱俩是这个世界彼此唯一的亲人了。听闺女一句劝,回国投案吧。"

"回国?不,我不要回去!"他又开始狂躁。

他的反应在我意料之中。我在工作和生活中特别关注"天网"行动,了解过外逃人员形形色色但都同样悲惨的流亡生活。

有的人境遇好一点,吃穿不愁,但没有自由,不敢外出见人,生了病不敢去医院,只能在药房买药对付。

有的人陷入绝境,孤立无援,想给家人打个电话都不敢。

……

最差的就像我爸爸这样,一步一个脚印,踏踏实实把自己活成了一条流浪狗。

我把这些追逃追赃的事儿都跟爸爸讲了,是想让他明白，回国主动投案才是唯一正确的出路。

回国，虽然要坐牢，但不再挨饿受冻，不会受人欺凌，可以和家人团聚。最重要的是，在监狱彻底忏悔自己的罪过，还能获得新生。

我又给他宣传了很多政策，告诉他不要害怕，坦荡一点，担起应该承担的责任。

爸爸耷拉着眼皮，默默听我说，未置一词。

等我说完了，他呼出一口气，笑了一下。

"你怎么懂这么多追逃追赃的政策？你怎么会希望自己的父亲回去蹲大牢？"

他瞪圆了眼睛，口水沫子喷到我脸上："你说！你是不是追逃办派来的，你来找我，是想让我放松警惕，警察已经把我包围了吧！"他警惕地环视四周。

常年的奔波、困厄，令他的精神极为敏感脆弱。

"爸爸，爸爸，你听我说……"我尽量让自己的声音柔和。也许是"爸爸"的称呼触碰到了他内心的柔软，他又低下头，眼皮耷拉下去，佝偻着背，像一个泄了气的皮球。

我继续把自己这些年的经历讲给他听。

我大学毕业时，已经十二年未曾见到爸爸了。当时，有一个单位来选调应届大学毕业生。我一看到这个单位的名称,眼睛都放光了。

这个单位是省追逃办。

我的学历背景非常符合追逃办的要求。

但我也知道,就算笔试、面试一路过关斩将,到了政审阶段,爸爸这个外逃贪官的身份也会让我与这个工作失之交臂。

但,我还是想搏一把。

我跟来政审的领导说了自己的情况。我特别提到,我是外逃贪官的女儿。我十岁没了爸爸,奶奶眼睛哭瞎,不久之后撒手人寰。妈妈在五年后去世,我成了孤儿。

我恨那些贪官,如果能进追逃办工作,一定竭尽全力,把那些外逃贪官都抓回来,追到天涯海角,也要把他们追回来!

政审人员十分感动,然后拒绝了我。

尽管我的成绩足够优秀,可托老爸的"福",终其一生,可能都无法成为一名国家工作人员,永远没法实现我的梦想了。

但我给追逃办留下了深刻印象。工作人员告诉我:"如果收到你爸爸的任何消息,都请及时上报。我们一定努力,把你爸爸带回国。"

我从此就对追逃追赃特别感兴趣,搜集了很多关于外逃贪官的材料。

我也越来越多了解到外逃贪官真实的情况,错综复杂,一个个都极为棘手。有的人跑了二十年,音信全无;有的人赖在美国寻求政治庇护,扬言"死也要死在美国";有的人所藏的国家与中国没有引渡条约,要把人弄回来困难重重。

而另一面,我国的"天网"行动年年发力,不断有外逃人员落网。

他们曾经以为逃离了中国就没事了,可以拿着从百姓那里偷来的赃款安享天年了,谁知贪官的身份在全世界被公开,就跟过街老鼠一样,人人喊打,受尽邻居、朋友、同事歧视。

中国政府还在不断签署、缔结双边引渡条约和司法协助协定,并推动多双边反腐败合作。外逃贪官的生存空间不断被挤压。

天下之大,对贪官来说,无立锥之地。

像我爸爸这样在国外苟活了二十年的,算是相当少见了。可那能叫生活吗?只是在生存线上挣扎。

听了我的叙述，爸爸默然良久，道："所以，你是代表追逃办来与我谈判的？"

"我是以女儿的身份来劝爸爸一句。"

"今年夏天，"我说，"我回家乡老宅收拾东西，在门口的信箱里发现了一张明信片。"

明信片正面是一座寺庙，掩映在常绿阔叶林中。寺庙的设计是典型的小乘佛教样式，不似国内的寺庙。明信片背面什么也没写，只有一个国外的邮戳。

日期是2023年8月30日。

这一天是我的三十岁生日。

谁会在我三十岁生日这天，从国外寄来一张明信片，什么话也没写，连填的地址都是废弃多年的老宅地址。

只会是他。

我拿着那张明信片，翻来覆去地摩挲、打量，最终决定上报。

我联系到追逃办领导："王国辛外逃案，我有重要线索。"

追逃办立马成立专案组，对这个明信片进行分析。最终确定，这是东南亚某国的某个百年古寺，外逃二十年的王国辛很有可能藏身于此。

| 失足之戒

专案组立即前往东南亚,我也在其中。

兜来转去,我终于可以亲手把爸爸送回国了。

不完成这个愿望,我的人生不会完整,我的童年阴霾永不会散去。

我不要做贪官的女儿!

"你在我三十岁生日这天往老家寄了一张明信片,一定是想我了吧?"我朝他抿嘴一笑,"爸爸没有忘记我,我也没有忘记爸爸,一直都没有。"

他一直低着头。后脖颈上有很大一个鼓包,颈椎已经变形。这些年,他怕被人认出,一直低着头,越来越低,低到泥土里尘埃里,已经忘掉了抬头挺胸做人是什么感觉。

一滴水,落在他光裸的脚面上。

又一滴,再一滴。

我抬头看天,雨后蓝天,格外清澄。

所以,这落在脚面的水滴,是他的泪吗?

我的爸爸,他在哭。

"小笛,追逃办的人在哪儿,你带我去见他们吧。我……愿意回国投案。"

他站起身,理了理白发,尽力挺了挺胸膛。

虽年华老去，依稀是我当年那个爸爸。

那个给我和我妈带来无尽痛苦，蹉跎二十年的人，他要回家了。

插图：成都东部新区纪工委监察工委

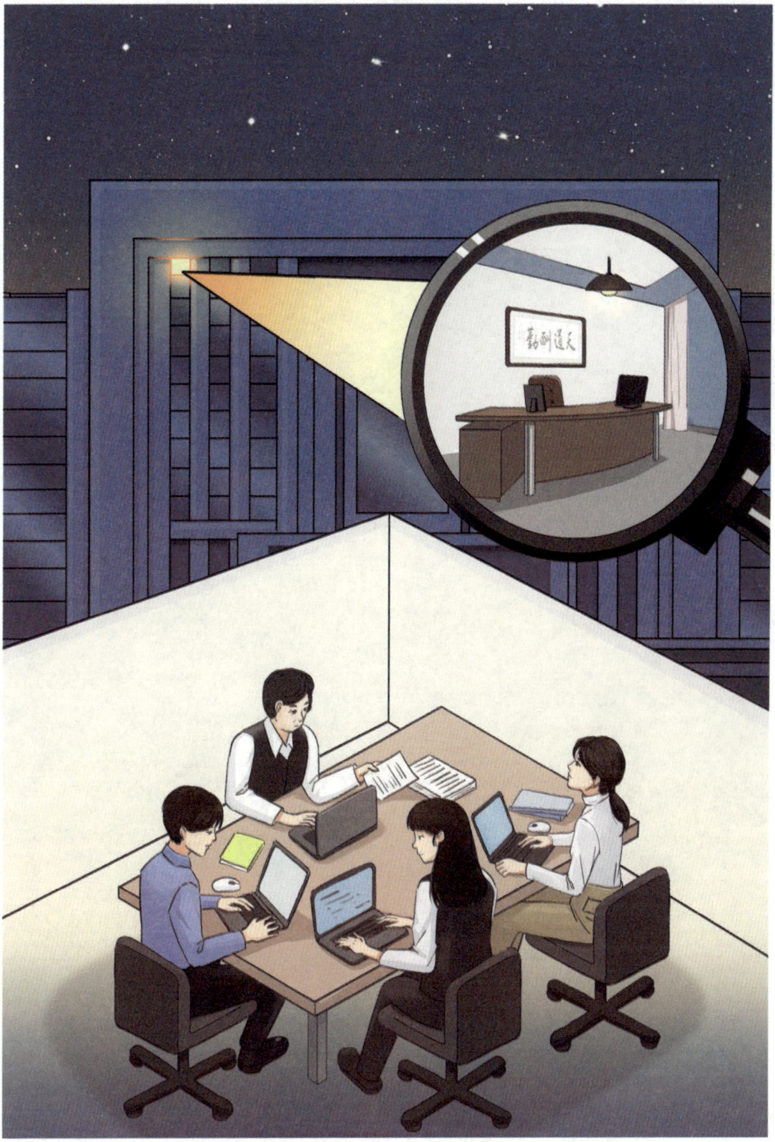
天道酬勤

灯"谜"

晚上9点，我借口出去寄快递，离开压抑的办公室，在市政府大院里散步"摸鱼"。

我习惯性地望向办公大楼十二层东侧的窗户，那里的灯还亮着。

这是一个信号：我还不能下班。

工作三年，我被十二层东侧的那盏灯剥夺了大部分的自由时间，没了自己的生活，只有无尽的加班、加班。

三年前，我以全省第三名的成绩，考入市政府办公厅，成为一名公务员。

光鲜亮丽的单位，前途无量的工作，曾惹来无数羡慕嫉妒。

想起刚工作的那段日子，激情满满，不知疲倦，眼睛里有光。

但很快就遇到了工作后的第一个小打击。那是我正式

| 失足之戒

工作的第一周周五,忙活了一整周,我抱着对周末的期待,干脆利落完成了手头工作。一看时间,已经晚上8点了。

我拎包出门的时候,留意到其他同事都还没动弹。他们的目光迅速扫了我一眼,又低头整理文件。

出了办公大楼，天已黑，迎面走过来一个人。

"张雪，你下班了?"

是华姐，我们部门的副处级干部。

她的语气有点怪。

不像是随意的问候，倒像是捕捉到了什么惊奇的事情。

"是啊，华姐，都8点多了，您还不走?"

华姐瞅着我。

"张雪，你初来乍到，我跟你说啊……"她指着办公大楼。

"十二层最东侧的那扇窗户，你看到没，灯还亮着。"

"我看到了，怎么了?"

"只要那盏灯还亮着，不管多晚，咱们都不能下班。"

"啊？为什么?"

华姐压低声音："那是吴常委的办公室。领导还没下班，我们怎么能先走?"

吴常委是分管我们部门的领导。

"哦，这样啊……"我仰望着巍峨的市政府大楼，密密麻麻的窗户光影斑驳，大部分楼层的灯都已熄灭，唯有我们部门所在的十一层还有十二层吴常委的办公室灯火通明。

这可是周五的晚上啊！我有点绝望。

失足之戒

华姐说:"以前也不这样,大家六七点就下班了,周末也可以正常休息。吴常委调过来后,对工作要求很严格,他自己来得早走得晚,下属也跟着加班,渐渐就成了常态。"

我回到办公室,同事们依旧埋头写写画画,屋里死气沉沉。

我的工作已经做完了,心思早已不在办公室,眼睛直勾勾盯着电脑发呆。电脑安装的是内部系统,不能上互联网,我就挨个打开文件夹翻看以前的材料,权当是熟悉工作。

同时默默观察同事们在忙什么,他们的活儿真有那么多吗?

记得入职第一天,主任就告诉我要"心里有责、眼里有活儿",积极主动发现和解决问题。

可是,现在我眼观六路、耳听八方,也没找到我还能干的活儿。

主要是太累了!已经连续一周每天工作14个小时,我积压了很多自己的事想做。

9点钟,刘主任拿着一沓材料进来,径直走到我的工位,把材料放在我跟前。

"张雪,辛苦你周六来加个班,把这些材料弄了。"

灯"谜"

"啊?"我一下子没回过神来。

"哦,张雪,你是新人,跟你说一下,我们周六都要来单位值班,吴常委每周六都在这儿,所以不能没人。"

"那……周日呢?"我犹抱幻想。

"周日在家待命,如果吴常委来了,我们也要来。"

"……好的,主任。"

刘主任笑了笑:"我们这个部门工作节奏确实快,你慢慢适应就好了。"说罢转身离开。

对他最后这句话,我表示怀疑。

工作节奏快?我没觉得。这里的工作,凡事按部就班、有条不紊,仔细点就行。这周给我安排的工作量,我其实6点下班也可以完成,但为了加班到10点不至于闲得发霉,就放慢速度,俗话说就是磨叽。

那么到底加班是为了干活,还是干活为了加班?

刘主任轻描淡写,"慢慢适应就好了",最后到底是适应了,还是麻木了呢?

当然,这些疑问我都只能搁在肚子里。

耗到晚上10点,刘主任终于进来"宣布喜讯":"大家可以下班咯!"

所有人立刻站起来,拿起外套和提包鱼贯而出。

我下楼时回望了一眼十二楼东侧那间办公室的窗，灯灭了。原来是吴常委走了，所以我们才能下班。

第二天，阳光明媚的周六，我带着黑眼圈来到单位，和枯燥的台账、报表、会议记录斗争了一整天。

晚饭过后在厕所遇到华姐，我试探地问她："吴常委今天来了吗？"

"来了啊。你看他的车停在楼下，就说明他来了。"

"啊？哦！"还能这样？

此后，吴常委就在我心里镀上了一层神秘的气质。

判断他有没有上班，就看他的车是不是停在楼下。

判断他有没有下班，就看他办公室的灯是不是还亮着。

而无论我平时加班到多晚、周末在办公室耗多长时间，我都没有见到过他。

只有每两周一次的全体会议，我能一睹领导真颜。

每次会上，吴常委都会强调同志们很辛苦，别的部门都知道咱们部门最辛苦，加班到最晚，从领导到科员，夙兴夜寐。

刚开始我听着，还会被打了鸡血一般振作一下。

可后来，我更感觉这像一种自我感动。

加班多，就意味着工作做得多吗？或者是为了辛苦而辛苦，强行刷工作长度？

等等，这种想法很危险，我不能这么想。

我闭上眼，再睁开眼，努力让自己眼里还有光。

就这么过了两年，直到今夜。

寄完快递正准备上楼，收到男朋友小志的微信：

"快看！找惊喜！"

下面是一张照片。

照片是晚上拍的，光线不太好，但可以看清，这是在我们市很有名的一家高档会所门前拍摄的。

我问他："啥惊喜？你又陪着客户去声色犬马了？"

"你仔细看啊，照片里有惊喜。"

我把照片放大，于是看到，在一辆类似劳斯莱斯的豪车边，一群人簇拥着一个衣着光鲜的中年男人。

他……

他是……

他是吴常委！

我猛然抬头望向十二楼，东侧那扇窗户，依旧透着亮光。

吴常委不应该是在办公室里夙兴夜寐吗？怎么出现在离此地二十公里的会所里？

我问小志:"哪来的照片?"

"我刚才拍的。陪客户来潇洒一下,看到一个男的特眼熟,像你们大领导,我就偷拍下来发给你确认。你看是不是他?"

因为我经常跟小志聊神秘的吴常委,他对吴常委的样貌有点印象。吴常委做事高调,网上一搜都是他的照片,会议照、活动照、讲话照……这下,群众随手一拍,生活照也有了。

"真的是他!可是,不可能啊,不应该啊……吴常委办公室的灯还亮着,他还在单位办公呢。"

小志:"你光看到他的灯亮着,你看到他人没?"

我一愣,脑中有什么东西一闪而过。好像,似乎,貌似……我发现了什么。

我躲进厕所,反反复复、仔仔细细看那张照片。

确是斯人。

正巧,我今天中午在食堂见过他,白衬衣、黑西装裤,朴素低调的"厅局风"穿搭。

可照片里的他,穿着大 logo 的名牌上衣,爱马仕皮带扣反射着霓虹灯光,闪瞎我的眼。

如果不是认识他的人,根本想不到,这是一名厅级领导干部。

我蹲在厕所里默默震撼了十分钟。

在水池旁洗了把脸,我看着镜子里的自己。二十八岁,一脸的疲态,眼里早已没了光。

回到办公室,我默默收拾东西,拎包走人。

楼道里碰到了端着保温杯的刘主任,我说:"主任再见,我先走了。"

"小雪,再等一下吧,吴常委还没走……"

"我的活儿已经干完了,对不起主任,我今天家里有点事。"

"那好吧,路上注意安全。"

我下楼时,看到十二楼还透着亮光。可那灯下,真的有一位与我们并肩战斗的领导吗?

地铁上,我心情愈发差。

好在车厢很空,我可以肆无忌惮地哭。

回到家里,默默擦掉眼泪,简单洗漱一下,抓紧上床睡觉。

明天是周六,我依然要赶在七点半之前到单位。

单位规定的上班时间是早上 8 点,可吴常委来得特别早,刘主任就要求我们也要提早到。

|失足之戒

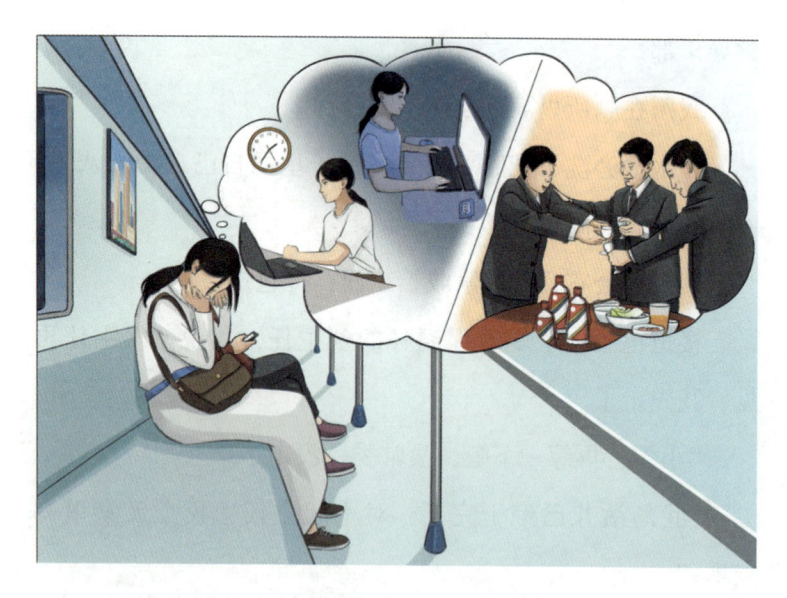

"给别的部门作出榜样来。"

可现在回想，无论我到得多早，也从来没有见过吴常委本人。判断他来没来的依据，只能看他的帕萨特是否停在大院里。

一夜多梦，早上5点多我就醒了，6点多带着黑眼圈来到单位，竟看到吴常委的车已经停在大院里。

昨晚在高档会所里度过周五的晚上，今天那么早又来上班，领导精力真是不错呢。

我还是愿意相信，昨晚只是个意外，平时领导真的在掌灯加班，真的在和我们并肩战斗。

灯"谜"

又过了几个月。

这天,我在食堂吃完夜宵准备上楼,收到小志的微信:"看看这是谁!"

他发来一张照片,豪华包厢,大圆桌,桌上摞满山珍海味,还有好几瓶茅台。

坐在圆桌 C 位的人,是此时应该在十二楼加班的吴常委。

我十分不解,大为震撼。

我立刻给小志打去电话。

"你哪来的照片?"

"我拍的啊,就在刚才。"

"你怎么会……"

小志是一家企业的销售部经理,他怎么会和我们大领导坐一桌吃饭?我工作那么久,都没这个荣幸!

小志说,今天他们老总说要见一位重要人物,需要环境隐秘,就安排他在语林别墅订了一桌餐。

等重要人物到场,小志惊掉下巴:吴常委?

世界就那么小。

小志还说:"你们这领导一看就是天天有局的人。他刚才喝多了,吹嘘起自己打高尔夫球多么多么厉害,蓝 Tee 从来不超过70杆。"小志的老总立即表示，他在临市有一块高尔夫球场，诚挚邀请领导去体验一下。

领导也很给面子，当即决定：择日不如撞日，明天就去！

明天，是周六。

第二天，我来到单位，一眼就看见吴常委的帕萨特停在最显眼的位置。

过了一会儿，我收到小志发来的一段视频。

视频里，碧空如洗，绿草如茵，身穿高尔夫运动衣的吴常委正潇洒挥杆。

我站在大楼下默默许久，转身离开。

我不上班了，我要逛街去！

刚坐上地铁，刘主任的电话就追来了："小雪，你到哪儿了？"

"主任，我今天没有工作，周一到周五把该干的事都干完了。"

"万一常委今天又安排别的事呢？我们要随时待命啊！"

"吴常委今天应该不会安排别的事吧？"我强压住不爽，丧气地哀求："主任，我可以休一个周末吗？最近状态不好。"

灯"谜"

"行吧,那你好好休息。"

我开始考虑是否换个工作单位。

这个念头一出现,就在脑中盘旋着挥之不去。

外人看我疯狂加班,多么勤奋,多么有前途,事实上我的工作无外乎打印、复印、填表格,按照严格的文本格式套红头文件,整理会议记录,还有闭门造车编材料……

部门里也是人浮于事,没有真心、没有激情,更过分的是还被某些爱表现的领导骗着加班,错付了青春和生命。

我哭着说完这些,猛灌半瓶啤酒。

小志牵起我的手,安慰道:"小雪,别难过,我感觉这个吴常委在那个位置上待不久了。"

"你咋这么说?"

"我感觉,我们老总和吴常委之间有点事,就是送钱要工程那种……我最近也在考虑换工作,我怕被我们老总拖下水……现在反腐那么厉害,查了好几个省里的干部了,姓吴的能独善其身?"

我听了也就笑笑,自我安慰罢了。

可小志的预言竟然成了真。

三个月后的全体会议上,吴常委正在讲话,进来三个穿白衬衫的人,低语几句,吴常委脸色骤变,低着头跟他们出去了。

一整天，办公室里气氛凝重，刘主任也不知所踪。

晚上7点，我从食堂出来，习惯性地望向十二层，一片漆黑。

领导，终于"下班"了。

之后我再也没有见过吴常委，直到宣布他的处分结果。警示材料被印发出来，我们才知道，这位人们印象里爱加班的领导，从来没加过什么班，甚至正常的出勤都很少。

他办公室那盏每晚亮到11点的灯，都是秘书在操纵开关。

他通常下午5点就离开，帕萨特留在大院正门，自己从后门走，坐进等在巷子里的劳斯莱斯。

然后，灯红酒绿间驰骋，酒香肉臭里纵横。

晚上11点，他的秘书把帕萨特开走，早上6点再开回来。

而我们，就这样被忽悠着，老老实实坐在办公室，扮演他掩人耳目的工具。

还好，这样的日子终于结束了。

新上任的领导风格不同，不喜欢坐办公室，喜欢到处跑着搞调查研究。

灯"谜"

　　我跟着他，一年跑了十几个县乡，了解了不少基层的真实情况。弄出来的材料，少了空话、废话，全是干货。虽然依旧经常加班，但我愿意！

　　插图：成都高新区纪工委监察工委

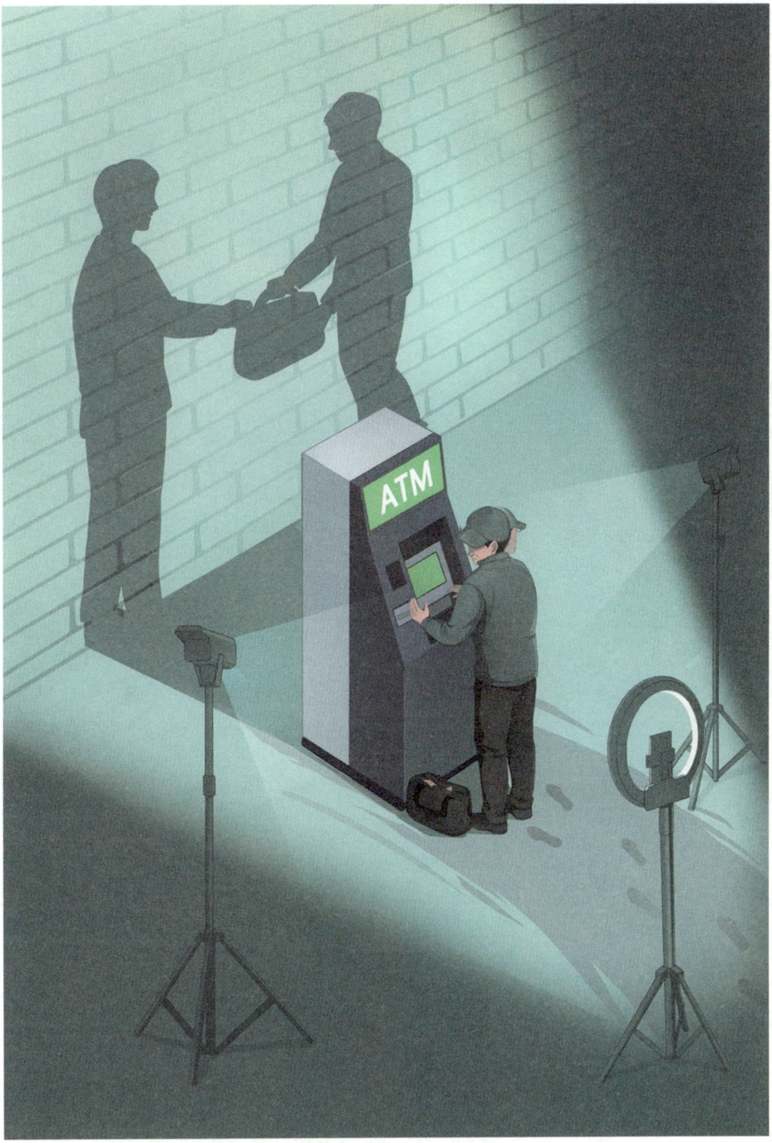
ATM

诡秘直播

最近,我迷上了一个神秘直播。

我是个古板的人,性格冷清,不爱与人交往。妻子常常说我无趣。其实我只是不屑于参与现代社会的各种无效社交。

我喜欢钓鱼。

退潮的时候,我常披着斗篷,坐在长江边,等待属于我的那条鱼,一心一意,一动不动,任阳光、风雨、雪花、鸟屎落在我身上。

"千山鸟飞绝,万径人踪灭。孤舟蓑笠翁,独钓寒江雪。"

清寂无欲,虚无缥缈,远离尘世,浩瀚无边。这是我心中向往的世界。

所以我这样一个人,平时不会喜欢网络直播那种喧嚣肤浅的东西。

但我迷上的这场直播,它不一样。

失足之戒

我叫冷静，男，32岁，已婚未育，某银行江口分行的主管。

网点主管的职责很多，下面我只交代其中一项——一项看起来最微不足道的职责。

每晚下班前，我要按照规定回看网点当日的监控录像。每天早上上班，检查前一晚监控录像里的内容。

监控录像能看出什么花儿？这个时代，脑袋再瓜的犯罪分子都知道在银行里搞事情是没有前途的。摄像头拍下的画面每一帧都极度无趣，没人会有坐下来欣赏的耐心。

所以我的同事们每天都是象征性地执行回看监控录像这一规定。进度条快速拉到尾部，只要没看到有人拿刀怼着镜头，就意味着 all clear。下班，回家。

一天早上，我跟同事们打了个招呼，就按惯例去回看前一晚的监控录像。

两台电脑屏幕，一共二十个分屏，把银行里里外外每一个角落都覆盖到了。

我有社恐，怕和不熟的人——尤其怕和不熟的同事打交道，皮笑肉不笑的感觉很糟糕。于是我躲在两个电脑大屏幕后面，打算这个上午先这么混过去。

我坐在椅子上，盯着电脑屏幕。屏幕上的画面平静地流淌，时而腾起微小的波浪。

我居然有种在钓鱼的感觉。

我的眼睛在江面逡巡，每一缕波澜都尽入眼底。

就这样盯了电脑半个小时，我忽然意识到，哪里不对。

对，就在右方屏幕的右下角。

这个画面是银行东侧自助营业厅 ATM 机上方摄像头拍下的。

一个男人，正在 ATM 机上操作。

他的操作本身没看出有什么问题，有问题的是他操作的时间太长了。

我往前拉了一下监控。画面停在昨夜 10 点半，那个男人戴着鸭舌帽、穿着长风衣，拎着一个黑袋子，来到 ATM 机前。

一直到深夜 12 点，他才离开。

这么久的时间，他都在反复进行同一项操作——

存款。

ATM 机存款限额为 1 万元/次，10 万元/天。

这个人，我姑且先称呼他"存款君"，连换了四张卡进行存储操作。

我觉得很有意思。

存那么多钱，为什么不来柜台操作？

如果是不义之财，比如偷来抢来的钱，去 ATM 机存，并不比去柜台更安全。

我还想再继续研究研究这位"存款君"，同事来叫我开会。我只能先把好奇心放下。

第二天，我上班第一件事就是回看监控。

我其实不抱再看到他的希望。昨天更像一个有趣的偶得。

可当我鬼使神差把录像拉到昨晚 10 点半，奇迹发生了。

"存款君"，他又来 ATM 机存款了。

我兴奋得像钓到了一条大鱼。

我快进录像，发现"存款君"果然又是反复进行同一项操作——存款，存款，存款。

昨晚他一直折腾到 11 点 40 分。

我去旁边的自助营业厅看了一下，只有一台机器。意味着如果有人在这里操作，别人就不会进来打扰。

再加上这个网点地处偏僻，到了晚上，更是人车稀少。

我忽然冒出个大胆设想："存款君"会不会每天都来呢？

今晚，我跟家里说要加班，泡了一碗面，等在电脑前。10 点 30 分，"存款君"准时出现。

他把自己装在又宽又长的黑色风衣里，鸭舌帽压得很低。我明白他的心理：要低调，不能被人注意到。但我真想告诉他："老铁，你这样做简直高调爆了。"

他开始存钱了。

只见他从黑色手袋里拿出一沓百元大钞，用我们银行从业人员看来极其笨拙的点钞手法数出 100 张，认真撂整齐，放进 ATM 机。

如此重复了 5 次之后，他换了一张卡，继续。

| 失足之戒

 他放在地上的长方形黑色手袋,活像一个乾坤袋,看着也不大,却很神奇,里边装满了人世间最好的东西——人民币。发挥一下想象力,可能还有别的什么好东西,五谷六畜、山珍海味、绫罗绸缎、高楼大厦……好看的,好听的,好玩的,应有尽有,取之不竭,用之不尽。

 他的乾坤袋是哪里来的?我不禁好奇。在这个连现金都很难见到的年头,竟有人拎着大额现金招摇过市。"存款君"这种行为属于锦衣夜行。总之颇有奇幻色彩。

 他还在操作。现在已经半夜12点13分了。

 比上次又久了一些。

 他一遍遍重复固定的流程。数钱,输密码,放入钱款,进行下一次操作……机器点钞的声音,卡上增长的数字,自助营业厅逼仄、幽静的环境,似乎帮助他进入了一种心流的状态。

 他不慌不忙,点钞的姿势已不再笨拙,从容而熟稔,轻快而松弛。

 他甚至哼起了歌。监控摄像头的收音效果不佳,听不出是什么歌。

 在无人的夜里存钱,存存不完的钱,大概是世间顶顶美好的梦。

2点10分,他终于结束。拎起乾坤袋,袋子瘪了。

我确信下一次,他还会满载而来。

我猜想了"存款君"可能有的几种身份。

第一,小偷、抢劫犯、绑架犯。但他们不可能这样藏钱,太笨拙了,当警察吃素的?

第二,生活朴实无华而枯燥的富豪,以存钱为乐。有这个可能性,世界之大无奇不有。

第三,普通人,中了五百万彩票,不愿意让别人知道。不过现在兑奖都发现金吗?我不知道,我没中过彩票,真遗憾。

第四,某种我不敢想象的身份,搞黑钱的。大额资金如果一次性存入银行,会触碰大额交易报告制度。为了规避这种制度,黑钱往往会分成若干份存入银行。比如找几个利益相关者,分别开通不同账户。——如果是这样,那就刺激了。

回到家里,妻子的目光丝毫不掩饰怀疑,她上下审视我,鼻子在我白衬衣上嗅探。无烟味无酒味无香水味,除了汗味。

"究竟什么事,加班到那么晚?"

我轻描淡写道:"为一个大储户服务。"

第二天晚上我又借口加班，等待我行的大储户。

我最近为了这位大储户，钓鱼事业都荒废了。倒也无所谓，长江永远在那里，鱼儿永远在那里，每晚10点半的直播却不知还有几集。

没想到，今晚就停播了。

我等到11点半，"存款君"都没有出现。

我想他前晚一口气存了那么多，休息个几日也是正常的。

我走出银行，左手边的自助营业厅亮着刺眼的灯。

从这晚以后，"存款君"再也没来过。

也许是换了一家银行？或者他的钱已经存完了。

可惜。

直到有一天，几个穿着白衬衣西服裤的人来到银行。

亮出工作证：市纪委监委工作人员。

他们出示了文书，希望我们配合调取市人大常委会副主任陈运达的资金来往情况。

调出来，没发现问题，他的账户很正常。

这都在大家意料之内。

如果他真的涉嫌受贿，肯定会把贿款分别存入不同人名下的账户。

专案组组长于凝叹了口气:"再想别的办法吧,从他身边人开始切入。"

"等等!"我忽然想到了什么……

我让保安部门把今年 5 月到 9 月的自助营业厅监控视频调出来,卡在晚上 10 点 30 分。

这个时间段,正是那位被我关注了很久的"存款君"的"直播"时间。

事出反常必有妖。"存款君"的诡秘行为,要不然是有心理疾病,要不然就有一些不可告人的目的。

一辨认,竟然真的是陈运达。

通过监控入手,一下子就查了个通透——

在长达两年时间内,陈运达通过我们行的 ATM 机,分 54 次,往 15 个他名下和别人名下的账户里存入 579 万元。并在其他 3 家银行的 ATM 机中存入 432 万元。

专案组组长后来跟我们说,这位陈运达已经魔怔了,白天疯狂收钱,晚上用 ATM 机存钱。陈运达不是不知道在 ATM 机存钱有风险,但他自认为风险相对较小。他这样描述自己的心境:"我晚上存钱的时候,没有人打扰,听着 ATM 机点钞时的夸啦夸啦声,看着卡上的余额又胖一圈,那种多巴胺瞬间分泌带来的欣快感,让人欲罢不能。"

但从始至终,他一分都没有取,一分都没有花。

纯当做了个零存整取——他自己"孜孜不倦"地零存,组织一次性帮他取出来了。

……

我提供的重大线索帮助了破案,行里给我升职。我离开了分行,去总行任职。环境一下子繁华喧嚣起来,我也遇到过形形色色的诱惑。每次要动摇的时候,一想到"存款君"那"孜孜不倦"存钱的样子,我就没了不该有的欲望。

"千山鸟飞绝,万径人踪灭。孤舟蓑笠翁,独钓寒江雪。"

当官就得耐得住寂寞和清冷,守得住孤舟和理想。人人皆为利来为利往,我自岿然。

插图:成都市锦江区纪委监委

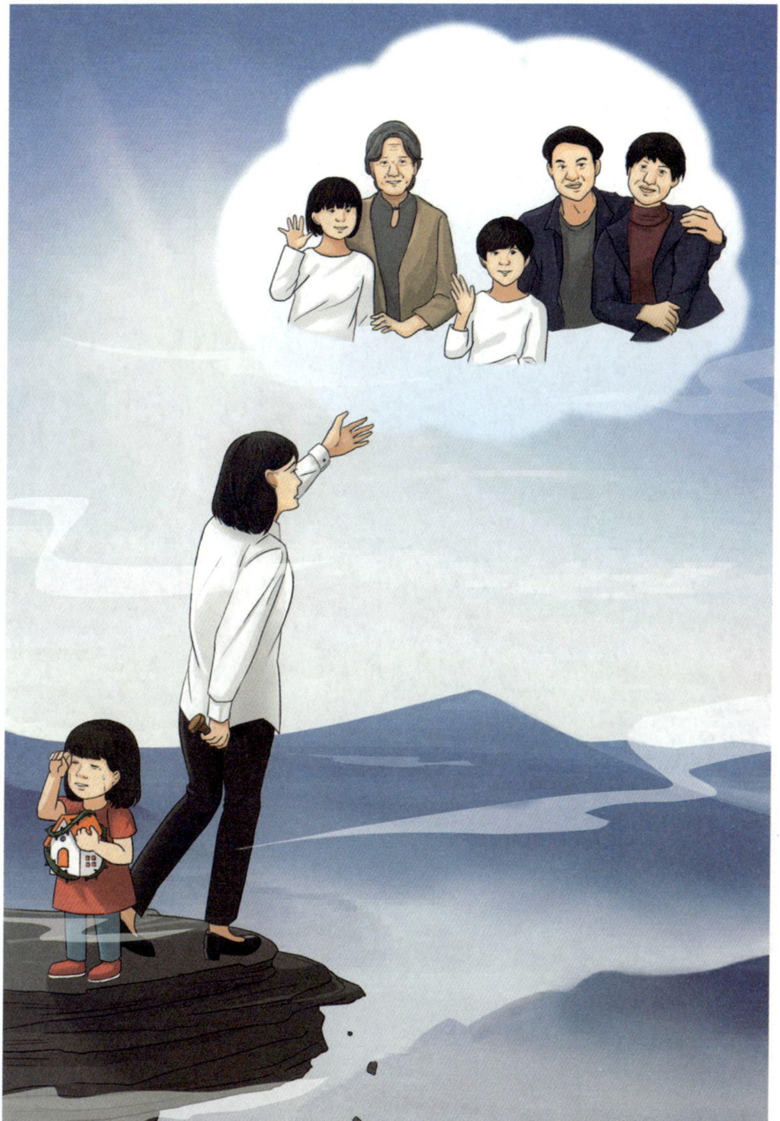

家的诱惑

一

我弟弟的婚礼刚结束,几个穿白衬衫的人就把我拦在楼下。

他们向我亮出工作证,还有一纸公文,公文上硕大而刺眼的五个字:留置决定书。

"梁欢娣同志你好,我们是纪委监委工作人员,你涉嫌严重违纪违法,决定对你采取留置措施,请跟我们走吧。"

我很平静。我早就知道这一天会到来。

我说:"请先不要告诉我的家人,今天是我弟弟的大喜之日。"

"好的,我们晚些时候通知他们。"

上车时,我回头望了一眼弟弟的新家。窗户上的"囍"

失足之戒

字红得耀眼,家人的欢笑声清晰可闻。这样热闹温馨的光景,以后我怕是再也见不到了。

这几年,父亲看病,弟弟买房子、找工作、结婚,都是我在操持。现在,我的使命已经完成,我的人生已经没有了价值。

接下来,我要独自面对一辈子偿还不清的债。

30年前,我出生在一个贫困山村,父母给我取名梁欢娣。欢娣,就是唤弟的意思。这个名字很灵验,4年后,妈妈果真生了个弟弟,取名梁耀祖。

我和弟弟的人生角色就此明确:我负责服务弟弟,弟弟负责光宗耀祖。

从小,妈妈就教育我:你爸身体不好,以后弟弟是家里的顶梁柱,你作为姐姐要让着他、爱护他,以后挣钱给他花。

从小,妈妈就教育弟弟:好儿子,多吃点别饿着。好儿子,多穿点别冻着。好儿子,以后让姐姐赚钱给你花。

这就像一个思想钢印,深深烙在我和弟弟的意识里。对我们今后的人生产生了巨大影响,以致最后酿成了无法挽回的悲剧。

我读到高二,妈妈就急不可耐地让我辍学打工。爸爸看病要花钱,弟弟上补习班要花钱,全家都指望着我赚钱。

最后是我奶奶，拄着拐杖在山路上奔波了大半天，赶在我登上前往工厂的大巴车之前，把我拦住。

"娣子，一定要读书，你才有出人头地的机会。"从未读过一天书的奶奶用力攥着我的手，气喘吁吁地说："你爸妈不供你，奶奶供，读个好大学，你这辈子才能好！"

那之后，我就住在奶奶家，奶奶卖鸡蛋供我读书。

我妈来找我，我奶奶就挥舞着拐杖把她打出去。我妈在门外叫骂："梁欢娣，我们家没你这个女儿！"

我的倔劲儿上来了，你们现在不要我，我以后要让你们后悔。

更加发奋苦学。

终于，我考上了省里的重点大学。

奶奶可算扬眉吐气，举着录取通知书，带着我在村里巡回展出了一遍，羡煞了村民。

最后来到我家。

我爸缩在炕上打哈欠，瞥了一眼我的录取通知书，翻个身继续睡。

妈妈还是那么冷漠刻薄。

"女孩子读大学有什么用，丑话说在前头，我们家可没钱供你上大学。"

"你不供，我供！"奶奶果断拉着我离开。

二

靠着奶奶的微薄收入还有助学贷款，我的大学学业进行得还算顺利。

大学毕业后，我考入了宁安市隆华街道经济发展服务中心。

被单位正式录取的那天，我给奶奶打电话报喜。

"好，好！"奶奶激动地夸了我。

然后，她话锋一转。

"娣子，现在你是为国家工作的人。要守规矩，别出事情，奶奶不指望你升官发财，就希望你平平安安。"

"嗯，我记住了。"

"还有啊。"奶奶更加严肃，"你找到这个工作的事，先不要告诉你爸妈。"

"为什么？"

"听奶奶的！你闷头干好工作就行了，不要显，更不要在你爸妈面前显。"

嗯，听奶奶的应该没错。

大学四年，爸妈为了不掏学费和我撇清关系，我们几乎从不联系。

我工作的前三年，没有回过家，偶尔我弟给我打电话，问我在哪里工作，我说在工厂打螺丝，他也就不再联系我。亲情凉薄至此。

刚入职的头三年，我全身心地投入工作。

我 27 岁那年，因工作出色，被提拔为隆华街道经济发展服务中心副主任，成为当时最年轻的街道中层干部。隆华街道处于宁安市经济发达区域，有很多民营企业，我深感任务重、责任大。

我想到的第一件事就是给奶奶报喜，拨通奶奶家的电话，却是我妈接的。

"奶奶今早去世了，脑出血，太快了，来不及抢救。"

一瞬间，我感觉身体被抽空。悲痛还未来得及到达，孤独、无助先一步把我包围。

我再也没有家了。

我赶回村里，灵堂就设在奶奶住的老屋，老屋本已破旧不堪，被丧葬公司捯饬了一下，倒有一丝别样的肃穆。

戏台班子在上头咿咿呀呀，下面乌泱泱一村人在吃席。可怜我奶奶，活着时孤苦了那么多年，死了却不得清静。

| 失足之戒

爸妈吃惊地打量我。我知道工作这几年自己变化很大，清爽利落的西服短发，气质上愈发自信从容，再不是原来那个瑟瑟缩缩、唯唯诺诺的农村小女孩了。

我在奶奶的灵前痛哭不已，有很多话想跟奶奶说。

却有人不合时宜地咋呼起来：

"哎哟，这不是梁主任吗？"

我回过头，一个黑瘦黑瘦的中年男子殷勤地跑过来。

我认得他。他是一家殡葬公司的老板，注册地正好就在我的辖区。

"梁主任，去世的这位是您的……"

"是我祖母。"

"哎呀,哎呀……您节哀啊。"他搓着手,一副关切至深的样子,忽然想起什么,从公文包里掏出一沓粉色钞票,"这是我的一点心意,您请笑纳……"

"张经理你这是干什么,快收回去……"

我和殡葬公司老板的这段你来我往,被一旁的家人尽数看在眼里。

最后,张经理把钱塞给我弟弟。"你们家厉害,培养出了一个领导啊。"

晚上我留宿在家,妈妈打扫出来最大的卧室给我住。以前我在家里,连自己独立的房间都没有。

正准备睡下,我妈进来了,抱着一床新棉被。

"闺女啊,夜里冷,给你加床被子。"

"谢谢妈。"

"这几年,工作还好啊?"

"还好。"

"你在哪个单位来着?什么经济发展服务中心?已经是副主任了?"

她打听得倒挺清楚。

"妈,我先睡了。"

"天还早,陪妈唠会儿嗑吧,你好久没回家了,跟你说啊,妈心里苦啊,这日子不好过啊。"

然后,她就开始一把鼻涕一把泪地诉苦:"你爸身体差,不能出去赚钱;你弟贪玩,没考上大学,也不愿意复读,在家玩了几年……"

"其实耀祖脑袋瓜很聪明的,比你还聪明,就是贪玩,不肯学,你做姐姐的多帮帮他。"

"好的。"

"好闺女,先睡吧。"

妈妈离去前,还给我披了披被子。

之后我在家待了几天,每天都过得如同贵客。

妈妈不让我做任何家务,吃饭的时候最好的肉都挑到我碗里,从来对我漠不关心的爸爸也会在心情好的时候问问我的工作,弟弟则围着我姐姐长姐姐短。

我活了27年,第一次在这个家体会到一丝丝温暖。

我以为,是我出息了,用实力获得了他们的尊重。

三

办完奶奶的丧事,我回到市里工作。

大约过了两个星期。周五晚上，我还在加班，我妈打电话来了。

"欢娣，明天礼拜六，休息吗？你弟过生日，回家来吃个饭吧。"

我有点受宠若惊。

虽然工作很忙，我还是坐着大巴在山路上颠簸了两个小时，回到家。

我送给弟弟一本《巨人的工具》，作为他的生日礼物。

弟弟翻了两下，就扔到一边。

"姐，我手机不好用了，你给我买个呗？"

换手机？我自己的手机都已经用了三年，买手机对我来说是奢侈的消费。

我问他："你想要什么手机？"

"苹果13！"

好家伙，一上来就狮子大开口，吃掉你姐3个月工资。

"行了，耀祖，手机能用就行了，别为难你姐。"妈妈来解围。

我心想她什么时候变得这么替我着想了？

她不停地往我碗里夹菜，慈眉善目，再没有以前的刻薄和戾气。

"欢娣,你也看到你弟弟这个情况了,大学是读不成了。"我妈说,"你出息大,给你弟弟安排个工作吧。"

我皱眉,问:"怎么安排?"

"你管着那么多老板,随便找个人,打打招呼,让你弟弟去领份工资呗。"

嘴里的菜突然就不香了,看来这是鸿门宴啊!

我说:"他们不归我'管',我只是为企业服务的,这种要求,不好提。"

妈妈的表情僵住,眼看她要发怒。

可她只是喝了口水,很努力地保持柔声细语,跟我说:"闺女,你肯定有办法的,帮你弟弟一把。他是咱们家三代单传的男孩,可惜小时候被宠坏了,现在就希望他能找个正经工作,在单位磨磨心气儿,以后我和你爸也就不用那么操心了。"

我看着妈妈。她那殷切、近乎哀求的样子,让人恨,却也让人心疼。毕竟,她是我妈。

我看了一眼弟弟。他一手刷手机、一手刨饭,活脱脱一个饭桶。可毕竟,他是我弟。

我又瞧了一眼我爸,他垂着眼睛抽烟,从小到大我从未被他放在眼里,也许我做出些"光宗耀祖"的事,才会博得父亲一顾。

我说:"那我回去想想办法。耀祖,你赶紧写个简历,可能会有需要。"

四

这次我回到市里工作,妈妈每天一个电话,先来一阵虚假到尴尬的嘘寒问暖,然后就问弟弟的工作有着落了没。我只能搪塞,说他学历低,没有工作经验,企业不愿意要。

"没有工作经验,工作起来就有经验了嘛,不给工作机会怎么有经验?"我妈自有她的神逻辑。

我被她弄得烦不胜烦。

正好这天,亚美环保科技公司的经理朱文来拜访我,他想承接隆华街道的一个环保工程。

朱文把厚厚的材料呈给我。他们为了拿到这个项目,倒是真的用了心。

当上副主任后,我在节能减排、淘汰落后产能、企业培育方面有了很大话语权。这次的环保工程给谁,我心里已经有了合适人选,就是亚美公司。

然,我心里忽然冒出个小魔鬼。

我漫不经心地翻着朱文给我的材料,悠悠地说:"材料还是不够全,要再补充一下。"

"呃……是哪里不够全呢?"

我没回答他,继续翻材料。

朱文搓着手,"时间紧任务重,恼火啊,请梁主任多给予我们支持。"

我突然想起什么,"哎对了朱经理,上次听说你们企业在招人,招上了吗?要不,我给你们推荐个人吧?"

朱文愣了一下,"好,好啊,是谁?什么情况?"

是我弟弟,家里蹲大学毕业,打游戏是王者,啃爹妈是专家。

我从抽屉里拿出弟弟的简历,递给朱文。

"这个人,麻烦朱经理看看,能不能给他安排个粗活,比如看管仓库之类的。你们的材料先不急,回去再细查一遍,别有疏漏,改天辛苦您再来一趟。"

朱文拿起材料和简历,"好的,我们考虑一下。"

第二天,朱文拿着材料来找我,"梁主任,您再看一下这版材料。对咯,您推荐的那个人,我们已经安排到位了。看管仓库不好,冬冷夏热,我让他去安全部,每天看看监控录像就可以了。"

我合上材料，莞尔："朱经理，材料没问题啦。"

解决了弟弟的工作问题，我妈的催命电话终于少了。而我心上却扎了根刺，一看到朱文就不自在。这是我第一次动用工作职权解决私人问题。

"朱经理，梁耀祖工作怎么样？用心吗？"某日我一出单位大门，正好遇到来送材料的朱文。

"挺好挺好。"朱文答道，"梁主任放心吧！"

五

两个月后，我正在开会，妈妈的连环夺命 call 又来了。

我挂掉，她还打。我再挂，她再打。

我只好离开会场接听电话。

"你爸送医院了，要手术，你快来一下！"

我慌忙给领导请假，打车赶去医院。

我妈在医生办公室里吵得昏天暗地。

我拉住她一问，才得知，爸爸要做的这个手术，保守估计要花十万元。

"不就是一个手术嘛，要那么多钱，现在医院越来越黑心了！"她歇斯底里。

我只能劝她:"心脏搭桥手术,就这个价。"

她眼皮子一翻,定定望着我。

"欢娣,你把手术费出了吧?"

我……

"妈,你们这么多年,没存款吗?我才工作三年,哪有钱啊?"

"我们都是农民,一年攒不了几个钱。刚盖的新房,把存款花得差不多了,剩下的一点,要留给你弟弟结婚用。"

我一听,气笑了。"合着你们盖房也有钱,给弟弟结婚也有钱,就给我爸治病没钱是吧?"

"不是还有你吗?咱家其他的都不需要你出钱,就这次,你救救你爸,他是你爸呀!"

是,他是我爸。虽然他从来没喜欢过我这个女儿,从小到大不屑给我一个笑容、一个拥抱,但他毕竟是我爸。这就是血缘的绑架。

我最终付了手术费。这还没算完,我爸住了十五天ICU,用的进口药,费用全是我掏。

这么多天,"家里的顶梁柱"梁耀祖只来过医院一次,待了二十分钟。

二十天下来,我三年的存款变成了个位数。

当医院又催交钱时，我告诉我妈，我无能为力了。

她便往墙角一蹲，撒泼、嚎啕，惹来众人侧目。

我默默垂泪。

这时，手机响了，是我辖区某个餐馆的老板吴勋南。

他打电话是想问我一个补贴政策的情况，却听出我声音沙哑，带着哭腔。

"梁主任，您还好吧？"

一小时后，吴勋南提着果篮来到医院。他隔着ICU的玻璃看着我爸，对我说："梁主任，您别难过，剩下的钱，我先帮您垫付一下。"

"吴老板，这怎么能行……"

"哎呀，这些年您对我们餐厅多有照顾，现在您遇到困难，我哪有不帮忙的道理。"

"那……"我犹豫了半分钟，终于还是妥协，"实在太感谢你了……我给你写个借条吧。"

"写什么借条啊，都是朋友！"

吴勋南走后，我妈说："我就说我们丫头有本事，认识那么多大老板，早把他们找来，你也就不用花那些冤枉钱了。"

听着她这话，我简直想哭，却只能挤出一丝苦笑。

我工作三年，从没拿过老板们一点东西，哪怕一盒月饼、一箱土特产。

因为奶奶说，吃人嘴软、拿人手短。我不想欠他们的，欠了，就会影响我开展工作。

可是，防来防去，口子却在最要命处撕开。

懊恼之余，脑子里又冒出一个声音：没事的，反正是借的钱，会还的。

对，我一定会还。

六

后来又跟吴勋南借了几次钱。终于爸爸的病情稳定，出院了。

钱，我暂时是还不上了。吴勋南说不着急还。

可我还是想着用什么办法回报一下他。

于是便帮他办理了补贴。

按照规定，他的餐馆并不符合条件。

这段时间主任在外挂职，经济服务中心由我主持工作，我有很大的决策权，我说给谁办，就给谁办。

吴勋南拿到政策优惠高兴得不行，当晚设宴款待，一桌子山珍海味，还有各种我吃都不敢吃的野味。

一桌子的人，围着我"领导长、领导短"，夸我年轻有为，说我前途无量。

最后，我喝醉了。

不知道怎么回的宿舍。第二天醒来已经是中午，手机里十几条工作信息，我却只注意到一条，是我妈发来的——

"你爸去世了。"

我请了假，赶回家中。我妈很平静，看不出多少悲痛，一上来就跟我商量葬礼怎么操办。

"我看要大办，你现在身份不同了，你爸去世是大事，那些老板不表示表示？也要让村里人看看，我们梁家出了个领导！"

我妈果然是我妈，总让人不知说她什么才好。

我心里明知不妥，但又不想让我妈失望。从小，我受够了她对我的冷漠、厌恶，我太想得到她的认可了。

丧礼办得很体面，全村人都来了，还请来了和我关系较好的一些辖区老板。三天流水席，十万份子钱，一场丧礼把我爸的医药费都赚回来了。

丧礼过后，我提出，要把份子钱拿来还吴老板。

失足之戒

我妈早把份子钱锁进了她的百宝箱，梗着脖子跟我较劲："还什么还？后面你弟弟还要结婚买房子，用钱的地方还多着呢！那个吴老板，他在乎借你的这点钱？"

我辩论不过她，再加上单位还有一大摊子事等着我，就气愤地离开了家。

回市里的路上，我感觉羽绒服内侧的口袋里好像有什么东西。伸手一掏，掏出一张银行卡。

这绝对不是我的卡。卡的背面还写着6位数字，应该是取款密码。

我捏着眉心，想了很久，蓦然记起，几天前受吴老板热情款待，不胜酒力，吴老板餐厅的服务员送我回去时，往我外套里放了这张卡。

七

后来，我坐在留置点的谈话室里，一遍遍回顾自己的堕落之旅。我生来在底端，一直努力地攀爬，却在爬到坡顶时，忘记了踩刹车。

站在北极点，四面八方都是南。

站在南极点，四面八方都是北。

站在山顶，四面八方都是下坡。

不管朝哪个方向迈错一步，都有可能滚下坡去，摔个粉身碎骨。

我还年轻，当了一个街道的小小小官，是我人生的第一个小高峰。如果我把控住自己的速度，谨慎地行、稳健地走，以后还会登上更高的峰，看到更美的景，服务更多的人。也会有人生如画，岁月如歌。

可是，一切都在我向老板"借钱"的时候失控了。

我爸去世刚满一个月，我妈又向我要钱。

这次是要在市里给弟弟买房子。

一个新开发的中端楼盘，均价在两万左右，我妈看中了一套一梯两户、双卫三居室的三楼，说以后跟着儿子住比较方便。

我问她有没有算过价格，我们买不买得起。她说你那些关系不用白不用，做姐姐的要多为弟弟考虑。

不拿下这套房，我妈是不会放过我的。我太了解她了。

我只能想办法搞钱。

研究了好几天，我注意到一家银行的广告，说本市的公职人员凭级别可以申请低息贷款。

贷款需要用于家庭装修、日常消费，我咨询了中介，

| 失足之戒

以我的级别和收入水平,最多可以申请到 20 万元贷款。

于是,我接连向 3 家银行申请了每笔 20 万元—30 万元的贷款,凑够了首付款。但是,因为负债过高,在最后一笔贷款到账后触发了贷后风险预警,银行要求我提供购买家具家电、装修的发票,否则贷款就会被收回。

我思来想去,鬼使神差,拿起手机,开始翻微信联系人。

翻到了一个好友,微信名"精装就找张大锤"。

他是我们街道的装修公司老板。最近街道的交易市场要装修,他想承揽这个活儿,找了我几次,我没给他准话。

我给他发消息:"张总,今晚有空吗?"

晚上用餐完毕,我和他达成约定:他给我提供发票,我帮他拿到交易市场的装修项目。

用他提供的发票,我的80万元低息贷款总算落袋为安。

没过几天,"精装就找张大锤"给我打电话:"领导,我公司最近急需资金周转,您能帮我借点钱吗?我出3分息。"

那这个忙我肯定是要帮的。

我和张大锤签了虚假装修合同,从另一家银行以3.56%的年化率贷出30万元,并签订借款合同,以9%的年化率将30万元借给张大锤。但事实上,从头至尾我都没有把30万元打给他。

这些钱,都用于支付房子的装修。

而"精装就找张大锤"每个月按时付给我利息,这些利息就被我用来还房贷。

八

我彻底沦为家人的提款机。

我弟买车，我找老板"借钱"。我妈出国旅游，我找老板替她安排。渐渐地我麻木了，觉得这些不是什么大事，我为这些老板也做了很多惠企服务，礼尚往来嘛。

梁耀祖工作有了，房子有了，现在就差个媳妇了。

相了十几次亲，没有一个看上的。他的要求高耸入云，女孩子年龄不能超过25岁，长得要像网络主播，性子要如古代良家女，烹饪水平要对标五星级餐厅，父母要有五位数退休金……

他如此普通却如此自信，只因有我这个"当官的"姐姐。

是我的纵容给了他错觉，以为自己是少爷。

折腾来折腾去，他看上了一个在酒吧认识的女孩。

谈恋爱半年，在女孩身上花了十几万元，到了谈婚论嫁的时候，女孩提出：28.8万元彩礼，五金，婚后不和婆婆住。

我妈虽对最后一项要求颇为寒心，还是来找我提款："欢娣……"

我告诉她，这是最后一次了。梁耀祖的彩礼钱和婚礼花费都由我出。但这之后，就该他自己奋斗了，我不能养他一辈子。

我妈赔笑:"明白,明白。"

此时的我已经熟谙生财之道,很快凑齐了彩礼。婚礼就交给我们街道的婚庆公司,不用掏一分钱。

当天,在五星级大酒店摆了 40 多桌,我妈差不多把全村的人都请来了,颇有"昭告天下"的意味:我女儿厉害,我儿子厉害,我生了一对卧龙凤雏。

来参加婚宴的,还有一些和我交好的企业老板。他们出手阔绰,门口的礼金台很快堆满了厚厚的红包和"奇珍异宝"。走进大堂,红花红烛,鲜花着锦,高朋满座,鼓乐喧天。如斯盛景,如在梦幻。

婚礼开始,我弟弟梁耀祖走上台。司仪说着吉祥的话,称呼梁耀祖"梁少爷"。

梁耀祖倒是很受用,一脸的骄矜。

"梁主任,今天头回见,令弟真是仪表堂堂啊。"有人在我身旁说。

我扭头,见亚美环保科技公司经理朱文端着酒杯,眯眼看着台上。

我听了他的话甚是诧异,便问:"朱经理,我弟弟在你公司上班,你没见过他?"

"哎哟,这,怎么能让咱少爷真来上班呢?"朱文轻描淡写,"他没来公司上过班,我们每个月工资给他照发。"

我有种捏死梁耀祖的冲动。他从来没告诉过我,他在吃空饷。

我全程面无表情地看完了婚礼,心思完全不在现场。心中隐隐不安,觉得要出什么事。

这种感觉已经持续很长一段时间了,我觉得该收手了,可是我做不到。权力的味道那么鲜美,权力帮我得到了家人的爱。

纵使外表再光鲜,我骨子里依然是个缺爱的小女孩。

九

我被留置以后,去外地挂职的主任特地回来见了我一面。

他很痛惜:"当时只觉得你年轻,胆子大,干劲足,就放心把工作都交给了你。却疏忽了对你的纪律教育,对你的监督管理不到位,弄得不可挽回。"

我忍不住想,如果单位能够耐心地培苗,多给我几年时间沉淀,多扯扯我的袖子,教我扣好人生第一粒扣子,我肯定就不是现在的我了。

"敬畏权力,学好党纪国法,如果有人让你做违纪违法的事,就算是你爹妈,你都不要听他们的。"

电视台来拍警示教育片,对着镜头,我说了这段话。

对着镜头沉默良久,我哽咽道:"我很想念我的奶奶。我对不起她。"

插图:成都市青羊区纪委监委

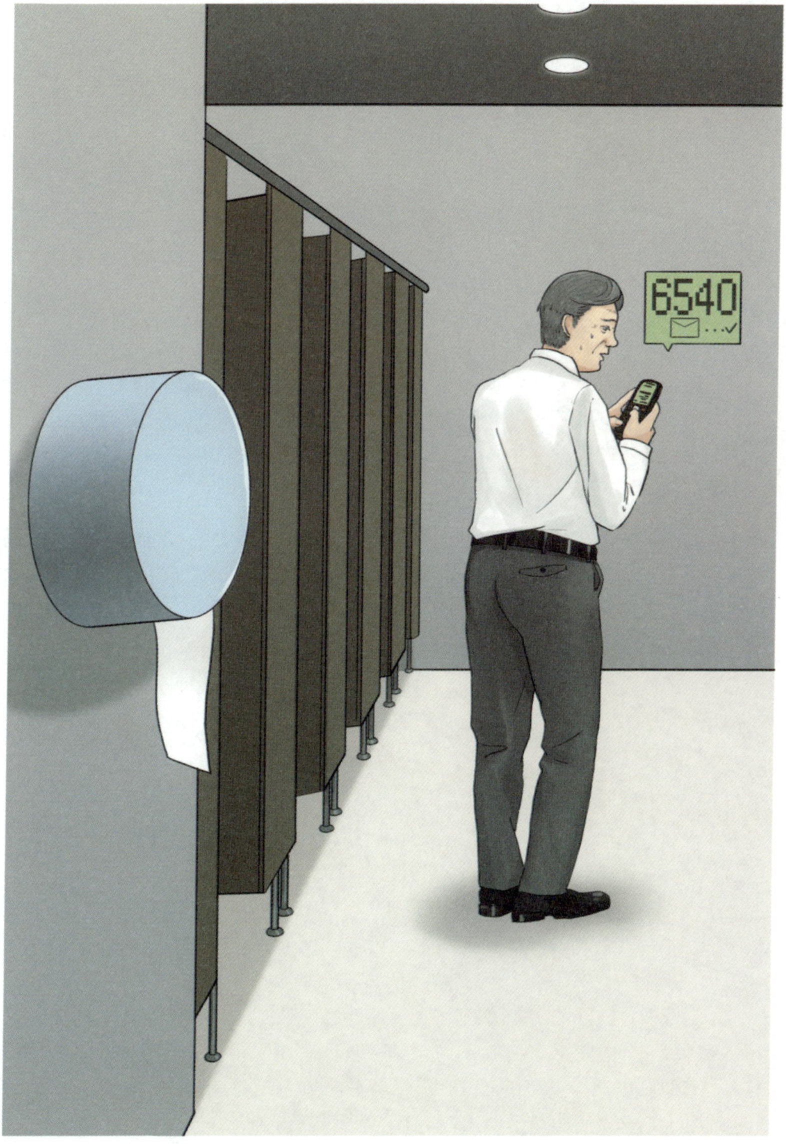
6540

李局的病

会开到一半,李副局长又出去了。

开会三十分钟,他已经出去了两趟。

同事们也不奇怪,都知道怎么回事。

人年龄大了,身上的零件多少会出些毛病。

年初李局做了一次膀胱结石手术。手术貌似不是很成功,落下了尿频的后遗症。

一发作起来,就是正在探索月球,也得去卫生间。

每次看他那坐立不安的样子,旁人都替他难受。

还好他五十九了,再熬一熬,熬到退休就好了。

然而李局似乎没有退休心态,工作还是很拼,今年又亲自负责了三项工程建设的监管,还有一个商业用地开发项目拍卖。

富州市南城区约 184 亩优质商用地的拍卖,是今年局里最重要的一个项目。

| 失足之戒

　　为了这次拍卖,李局带队加班了半个月,实地踩点,与评审委员会沟通,审查竞拍企业。

　　有时候在外面一跑就是一整天,李局一口水都不喝。

　　下属杨晶晶看不过去了,劝过。

　　"李局,好歹喝点水,天这么热,中暑了怎么办。"

　　李局摆摆手,"宁肯中暑,我也不想十分钟跑一趟厕所!"

　　看来他自己也对这个病深恶痛绝。

　　4月2日早上9点,召开竞拍保底建议参考价议定会。

　　现场十分热闹,来了二十几家竞拍企业,都是嗅着南城区 184 亩商用地的香味来的。

只是不知最后花落谁家。

竞拍正式开始。

就在会议开到最关键的时刻,李局突然站起身。

现场突然安静,大家不知出了什么状况。

却只见,李局把手机放在桌子上,对杨晶晶耳语了几句,匆忙出门去了。

在场的工作人员疑惑片刻,恍然大悟——李局的老毛病犯了,去厕所了。

过了一会儿,李局回来了。

又过了一会儿,他又把手机放在桌上,匆匆出去了。

第三次,李局去了大约 15 分钟,才满头大汗地回来。

会议继续进行。

现场还挺激烈,李局的汗湿透了蓝色衬衣。

就在最后一刻,一匹黑马突然间杀出——

腾光房地产开发公司开出了每平方米 6545 元的价格。

而底价,正是每平方米 6540 元。

腾光房地产开发公司的这个 6545 元押得极准。

最终,腾光房地产开发公司以每平方米高出底价 5 块钱的出价拿到项目。

全程在现场的局总规划师张小峰忍不住拍大腿："太邪乎了！"

局里"一把手"得知此事后，也有些嘀咕，让腾光公司出面说明一下。

李局站出来，把责任都揽在自己身上。

说项目最开始就是他带着弄的，最低评标价法也是他强烈建议采用的。如果有什么问题，都由他来承担。

那到底有什么问题呢？

其实也没什么问题。

全程合规。真要说问题在哪儿，可能就是腾光公司那6545的数字卡得太准，吓到大家了。

杨晶晶替李局抱不平。她一直跟着领导做这个项目，亲眼所见他有多么认真负责，每一个细节都追求完美。

要说唯一的不完美，就是他在现场去了几趟洗手间。

前前后后的事弄完，李局已经累得没了精气神，把手上负责的剩余工作都交给了张小峰，提前半年退休了。

退休时，组织给了他足够的肯定。这位老干部，在岗位上奉献了37年，获得了很多荣誉，作出了很大贡献。

省里的领导专程来局里，一是给老同志送别，二是传达省常委会的最新精神。

会议一开就是两小时。这期间,李局稳坐如钟,屁股没离过椅子,认真记录省领导的讲话。

有个小同事注意到这个细节,就展开了丰富的心理活动:领导退休了,病也就好了?看来还是退休治百病,我也想退休……

纪委监委谈话室里,李成阑坐了两个小时,都没有提出上厕所的要求。

调查组组长刘珂问李成阑:"同志,要上个厕所不?"

李成阑正低头思考,听到问话,下意识摇头:"不想去,谢谢。"

刘珂皱了下眉。

留置李成阑之前,为了确保被留置人员的安全,办案人员专门了解过李成阑的身体情况,知道他有严重的尿频。

这怎么留置以后,病就好了?

也确实有一些干部在留置后病好了。

有人常年大吃大喝,肥胖、血糖高。被留置以后健康饮食,体重降了,血糖也稳定了。

有人收了钱以后心神不宁,焦虑不安,导致失眠,血压高,心律不齐。被留置以后,向组织交代了问题,心安了,不焦虑了,不失眠了,血压和心率都正常了。

但李成阑这个……

刘珂说:"李成阑同志,你应该知道自己为什么会来这个地方。"

李成阑木然道:"我不知道。我兢兢业业一辈子……"

"可惜晚节不保。"刘珂打断他。

"我们通过初核发现,南城区184亩商用地的开发项目拍卖,有人涉嫌徇私舞弊。"

"不可能!"李成阑立即否认,"一切程序都是合规的。"

"有人向腾光房地产开发公司透露了底价。"

"是吗?还有这回事?那反正不是我。"

刘珂无奈。不过嘴硬的他见得多了。

"李成阑同志,4月2日早上9点,会议开始。你在哪儿?"

"啥?我在现场啊。"

"你再想想。"

"从头到尾,我一直都在现场,你们调监控就可以看到。"

"不对吧。"刘珂看了看手表,"你去了三趟洗手间,最后一次时间最长,从9点45分一直到10点。"

李成阑的眉头微微一皱,目光飘向别处。

"啊,是,我想起来了,我去了一趟洗手间,我有膀胱炎,尿频。"

"是吗?那今天您坐得还挺久,两个小时了也没上过一趟厕所。"刘珂道。

李成阑望向刘珂。自今天开始谈话以来,他几乎没有和这个纪委的人有过目光对视。他想摆出冷漠不屑、威武不屈的态度,表达自己的冤屈和愤怒。

而现在,他感觉自己的防线在被他们丝滑地突破。

"从会议开始,腾光公司的负责人就和一个陌生号码有频繁的短信往来,你猜内容是什么?"

李成阑一副我才不猜的表情。

刘珂耐心道:"李成阑同志,请珍惜组织给予的机会,主动交代,这是唯一的出路。"

李成阑调整了一下坐姿,漠然道:"没听懂你在说什么。"

刘珂重重叹了口气,揭晓了谜底:

"4月2日9点50分,腾光公司的负责人收到的陌生号码发来的短信,是一串数字:6540。"

李成阑低头沉默了一会儿,说:"我听明白你的意思了，是有人向他们透了底价。"

"对，所以他们能以如此接近底价的价格拿下项目。"

"等等，你们怀疑是我？怀疑我在上厕所的时候给他们发的短信？"李成阑抬起头，愤怒地盯着刘珂，"我一个退休的老人了，求你们行行好吧，别折腾我了。你们有证据吗？就因为我在那十五分钟里上了一趟厕所，透底价的人就是我？你们怎么不怀疑张小峰？怎么不怀疑杨晶晶？"

"你事后拿了腾光 800 万元。"

此话一出，李成阑突然间暴跳如雷："胡说！污蔑！我不跟你谈，我要找你们领导！"

刘珂淡淡道："腾光公司的负责人已经接受监委调查了。他什么都交代了。"

李成阑愣了一下，愤怒地捶桌子："我工作 37 年，存款 80 万元，给儿子买房用了 60 万元，我们老两口存折上就剩 20 万元。你们要是能在我身上找到 800 万元，我给你们磕头！"

刘珂喝了口茶，不紧不慢道："成阑同志，有件事你知道吗？你外甥携巨额现金去澳门，在出入境大厅被拦了。"

李成阑霎时瞪大眼睛，忘记了呼吸。

等他回过神来，只觉得一口气堵在胸口，吐，吐不出来，吞，吞不下去。

过了很久很久，他狠狠地吐出一口气。

"我工作了 37 年，没干过对不起党组织的事。到了最后这一年，心，突然就不安分了。"他瞪着猩红的眼，"多年奋斗得来的权力，即将在退休那一刻清零，不甘心，不舍得！琢磨能为家人留下点什么……然后，腾光找到了我，开价 400 万元。"

李成阑再也不纠结了，干！

第一次干这么大一票，他非常谨慎。距离南城区商用地拍卖还有三个月，他就详细策划，早早开始了他的表演。

先装病，让全单位都知道自己落下了尿频的毛病。虽然有点丢面儿，但为了"大计"，忍了。

每次开会，他都要表演一下人有三急的痛苦，其实不过是去厕所抽了根烟。

就这样，一直等到了南城区商用地竞拍的那天。

台上三分钟，台下三月功。竞拍现场，李成阑起身去厕所的那一刻，内心无比紧张，外表无比镇定。演技已经炉火纯青。

为了更稳妥，他把自己的智能手机专门放在桌子上，兜里揣着事先准备好的老人机，去厕所里和腾光谈好处费。

前两次去厕所，腾光咬住牙关，最多只给600万元。

直到拍卖快结束，腾光撑不住了。李成阑第三次去厕所，把好处费抬到了800万元。

他长出一口气，总算满意了。然后给腾光的负责人发了一组数字：6540。

回到现场，衬衣已经被汗水浸透。

结局如他所愿。三个月的筹谋，换来800万元。

李成阑从未见过这么多钱。外甥忙着往后备厢塞钱，他只站着发愣——原来，权力是如此值钱。

一辈子辛辛苦苦搞技术，攒了80万元。十五分钟透一个底，800万元到手。

亏了，为什么没有早点悟过来。干它几票，他的子孙后代就能实现阶层跃升了。

外甥连夜出发去澳门，计划通过赌博洗钱，跟赌场已经提前联系好了。洗出来能有700多万元，很不错了。

千算万算没算到，腾光公司的负责人因为涉嫌多次行贿、围标串标，早就被市监委列入了重点监控名单。他们这次的"神奇"操作，更是引起了纪检监察机关的注意。

而且，腾光的负责人被李成阑榨了800万元，非常不爽。纪检监察机关没怎么用力，他就开口交代了。

李成阑在笔录上签了字,捺了手印。他问刘珂:"我可以去趟洗手间吗?"

"当然可以,小心地滑。"

小心地滑?他已经滑倒了。

在卫生间里,六十岁的人,哭得像个孩子。

  插图:成都市金牛区纪委监委

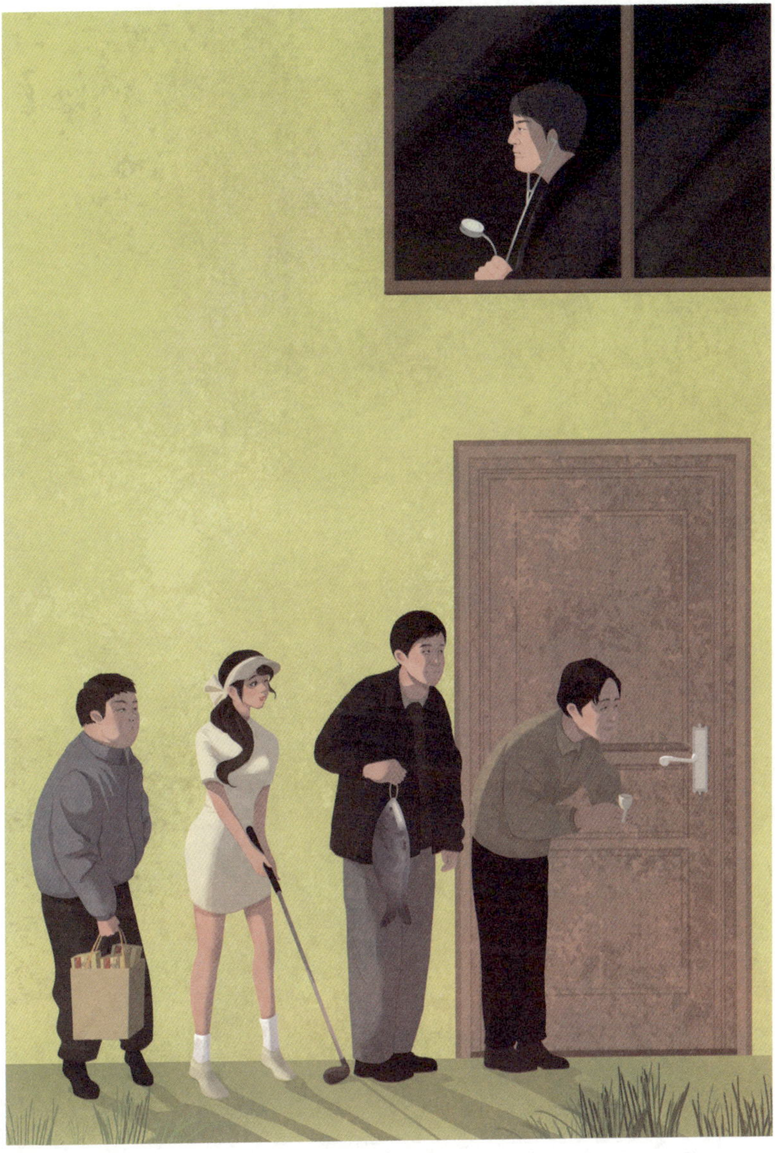

区长的读心术

周日早上九点,一辆路虎停在西亭小区东门外。

五分钟后,一个四十多岁的中年男人走出小区,左右张望了一下,拉开后车门。

"曹区长,最近很忙?"前排副驾的罗总递过来一支烟。

"不算忙。"曹拂摆摆手,"在戒烟。"

"噢,戒烟了?挺好,挺好。"罗总笑道。

【戒烟?上周送你的两条富春山居,你怎么还收了?】

很突然地,曹拂听到罗总来了这么一句。

曹拂惊了一下,"你说什么?"

罗总扭过头,"我说,戒烟挺好啊。"

曹拂诧异。

他明明听到这个商人说……自己收了他两条富春山居。

他确实收了。

"我改天把……"曹拂想说改天把烟还给他。

| 失足之戒

却被罗总的大嗓门打断了。

"曹区长,今儿咱们去个好地方!"

"什么好地方?"

"我一哥们儿,在高新区开发了一个新的高尔夫球场,环境很不错,设施高档。现在是试营业阶段,他邀请曹区长去体验体验。"

曹拂一听这话,立马忘了富春山居,心飞向了高尔夫球场。

"成啊,去瞅瞅!"

路上,罗总和曹拂有一搭没一搭地聊起来。

"曹区长啊，问您一件事。"罗总扭过身子和曹拂说话。

尽管安全带把他的啤酒肚硬生生勒成了两截，他依旧保持姿态端正，诚恳地望着曹拂。

曹拂就喜欢罗总这一点，人家身价过亿的大老板，对他这个不大不小的领导，从不怠慢。方方面面照顾有加，比亲兄弟还给力。在一次酒桌上，他们喝到位了，还来了个"歃血为盟"，真的结成了"兄弟"。

"歃血"的血是用木桐堡的红酒替代的。

"罗哥，你想问的是那个承揽团购楼项目吧？"

"对对，就是那个。"

"那个项目啊，竞争啊，比较激烈，单独走招投标程序，你们不一定能中标啊。我想了个办法，在区委常委会上，我提个方案，换一种'肥瘦搭配'方式，那个南城文化市场项目不是投资大、风险高吗，我把这两个项目捆绑在一起，就可以名正言顺地交给你了。"

【老狐狸，团购楼项目交给谁，还不是你说了算。还不是嫌我给你的好处不到位？】

曹拂又听到罗总的阴阳怪气。

简直不可思议！曹拂又惊又气，正想骂人，却发现，罗总那张肥厚的香肠嘴一直忙着赔笑，并没有机会说出那句"触犯天颜"的话。

曹拂突然有了个大胆的猜测。

他有了读心术!

他可以听到别人心里所想。

是不是这样呢?

就在这时,他听到正在开车的司机吐槽:

【周末也不让人休息,一个月就开那么点工资,给资本家当狗。】

接着他又听到罗总的腹诽:

【今天给他伺候舒服了,快快把项目交给我了事。他要是再不配合,就想办法把他拉下水,一根绳上的蚂蚱,看他还矜持什么……】

车厢里的人安静如鸡,曹拂的耳边却一片喧嚣。

……

新高尔夫球场确实不错,建在二龙山脚下,视野开阔,风清草碧。

球场的高老板满脸堆笑地出来迎接,给曹拂和罗总安排了SVIP待遇,叫了几个美女陪着,让他们好好玩。

"砰"!一杆子甩出去,球飞出天际。曹拂今天不在状态。

观众却拍手叫好，有个美女娇声夸赞曹区长挥杆的姿势很帅。

曹拂听到的却是她的嘲笑——

【打得真烂。】

玩到中午，到饭点了，高老板安排了"便餐"。

一行人在会所里穿穿梭梭，欣赏设计精巧、风格奢华的装修。最后，走进一个约有一百二十平方米的包厢。

桌上的山珍海味、名烟名酒，曹拂已经习惯。

刚刚坐定，又进来了好几个人，有的是曹拂的老熟人，有几个看着脸生，罗总给他介绍：

"这是雅泰建工集团的王瑜涵王总。"

"这是民乐社区书记刘军。"

"这是……"

曹拂一一和他们握手，这样的场子他平均每三天就要经历一次。以前他还不是区长的时候，不爱参加酒局，自从认识了罗总，就被他带到各种高端场合，享受来自芸芸众生的膜拜。

当上区长以后，玩法也升级了。

玩高尔夫要飞三亚，住亚特兰蒂斯的海景套房。

抽烟要抽雪茄，1万元人民币一根。

可这一次参加酒局，曹拂如芒在背。

他面前的这些人，脸上阳光灿烂，心里阴气森森。

【大周末的还让我们来陪酒，这些当官的真热爱工作。】

【等会儿找机会加他个微信，把我大舅子的工作解决了。】

【多跟他喝几杯，关系搞好，生意上的事就好办了。】

一轮酒敬下来，进入自由发挥阶段。

这时，一个小伙子站起来，双手端着酒杯，对曹拂说：

"曹、曹区长，我叫贾群，是民乐社区办的干部，今天很荣幸能见到区长，聆听区长教诲。"

曹拂身旁的民乐社区书记刘军说："曹区长，这小伙子是去年招进来的优秀毕业生，能力很强。"

曹拂点点头，与贾群碰了个杯。

贾群正准备喝，刘军却插嘴："贾群，第一杯敬领导，用小杯子太不像话了吧？"

贾群一愣，连忙拿起一旁的量酒壶。量酒壶里足有半斤白酒，在灯光照射下，晶莹透亮。

贾群咬了咬牙，在诸位领导的注视下，一仰头把整壶酒灌进肚里。

"好！这就叫，拎'壶'冲！"刘军给贾群竖起大拇指，

"领导指哪儿咱冲哪儿。"

全场大笑。

"拎'壶'冲"小弟谦卑地向大家抱抱拳,坐下。酡红迅速染上他的双颊。来的时候没有吃饭,空腹半斤酒,这滋味不要太酸爽。

【但愿茅台不伤胃。】

【这工作真不想干了,每天除了打印材料、开会就是陪领导喝酒,和入职的时候想象的差老远。】

好孩子贾群是不知道,心里吐的槽都被曹区长听去了。

又一个老板来敬酒,凑在曹拂耳边说,他有一个盘,马上开售了,区长如果有兴趣,可以给他内部价。那个楼盘旁边在建二中的分校,以后是学区房,涨价空间很大……

曹拂左耳朵进右耳朵出,只注意到老板的心里话——

【得把这个区长搞定,在他们区有个项目等他批。】

曹拂端着酒杯发愣。

眼前一切,光鲜亮丽。耳边一切,无比动听。

可都是假的。

曹拂承认,他喜欢被人拥着捧着的感觉。他们给他说好听话,给他送好东西,带他玩好玩的,让他享受到了人间极致的快乐。

可他从没想过,那些人心里的想法。

其实不是没想过,而是不敢想。

他们怎么想的,他会不知道?

睁一只眼闭一只眼,各取所需罢了。可是今天,窗户纸被捅破了,不好玩了。

最后,他借口头疼,逃也似地离开了饭局。

这哪儿是饭局,这是猎场。猎豹绕着他转,他是一只小瞪羚。

曹拂推开家门,看到玄关处摆满了箱子。这些箱子就是最普通的泡沫箱,没有任何文字标识,曹拂却对它们熟悉得很。

他踮着脚费劲儿地绕过箱子,走进客厅,果然看到了他的老哥们——王腾。

王腾坐在沙发上,正和曹拂的老婆聊天。见到曹拂,他"噌"地站起来,熟络地打招呼:"老哥,你又胖了啊。"

曹拂也不客气:"老农民,你又黑了啊。"

两人哈哈大笑。

曹拂对王腾的感情不一样,是真把他当兄弟。王腾经营着一个有机农场和鱼塘,产出的水果、蔬菜、鱼肉都是

区长的读心术

纯天然无污染的,当然,一般老百姓吃不上。

每隔两个月,王腾就会给曹拂送来最新鲜的果蔬肉,五年如一日,从不间断。

曹拂家的饭桌,已经被王腾包圆了。

对了,还有还有,去年曹拂老娘生病,他正好出差在外,顾不上。也是王腾在医院忙前忙后,帮了大忙。

而每当曹拂暗示王腾有什么难处尽管开口,王腾都像个憨厚的农民,摸摸脑袋说:"兄弟之间嘛,我乐意。"

今天,曹拂再见到王腾,纷乱的内心终于恢复了一丝平静。

· 121 ·

曹拂的老婆起身去做饭，留下两个男人边喝茶边唠嗑。

曹拂啜了口茶，玩笑道："老农民，你每次送的菜也太多了，我们两口子哪儿吃得完。你经营农场也不容易，别被我吃倒闭了。下次，少送点！"

王腾说："你要是把我吃倒闭了，我就上你单位吃空饷去，哈哈。"

曹拂也笑。

而接下来，他又很不幸地听到了王腾的心里话：

【几根菜算个球，等把你这条鱼养肥了，老子就要吃鱼了。】

曹拂差点把茶喷出来。

"王腾，咱们认识多少年了？"曹拂不动声色，幽幽问道。

"六年？七年？"王腾吹着茶水的热气，漫不经心道。

七年了，曹拂心想。

七年前，他还是临县的县委办公室主任。七年后，他已经是区长了。鱼，确实越来越肥。

"这么多年，你一直对我这么好，我挺过意不去的。"曹拂觑了一眼王腾黝黑的脸。

"嗨，咱哥俩，分这么清，有意思吗？"

可他心里在说：

【不急，有你还的时候，我是放长线钓大鱼。】

曹拂"哼"了一声。刚从猎豹的包围圈里蹦出来，又进了鲨鱼的场子。

送走王腾后，曹拂跟老婆说："以后别收他的菜了，也别让他进家门。"

老婆不明就里："怎么了？闹矛盾了？"

"没有。"曹拂漠然道，"他的菜，有毒。"

从这天以后，曹拂过得极其痛苦。

他的同僚下属、老板朋友，凡是和他套近乎的人，他都能听到他们的心里话。那些话，很刺耳，也很真实。

他看清了他们，也看清了自己。

以前被人恭维着、巴结着，他觉得自己很牛，心就飘了，跟着那些"兄弟""朋友"玩得越来越花。

可当他们撕掉面皮露出真心，他不得不承认，自己什么也不是，围在身边的那些玩意儿，个个都藏着利爪獠牙。

读心术，真是个讨厌的好东西。

插图：成都市武侯区纪委监委

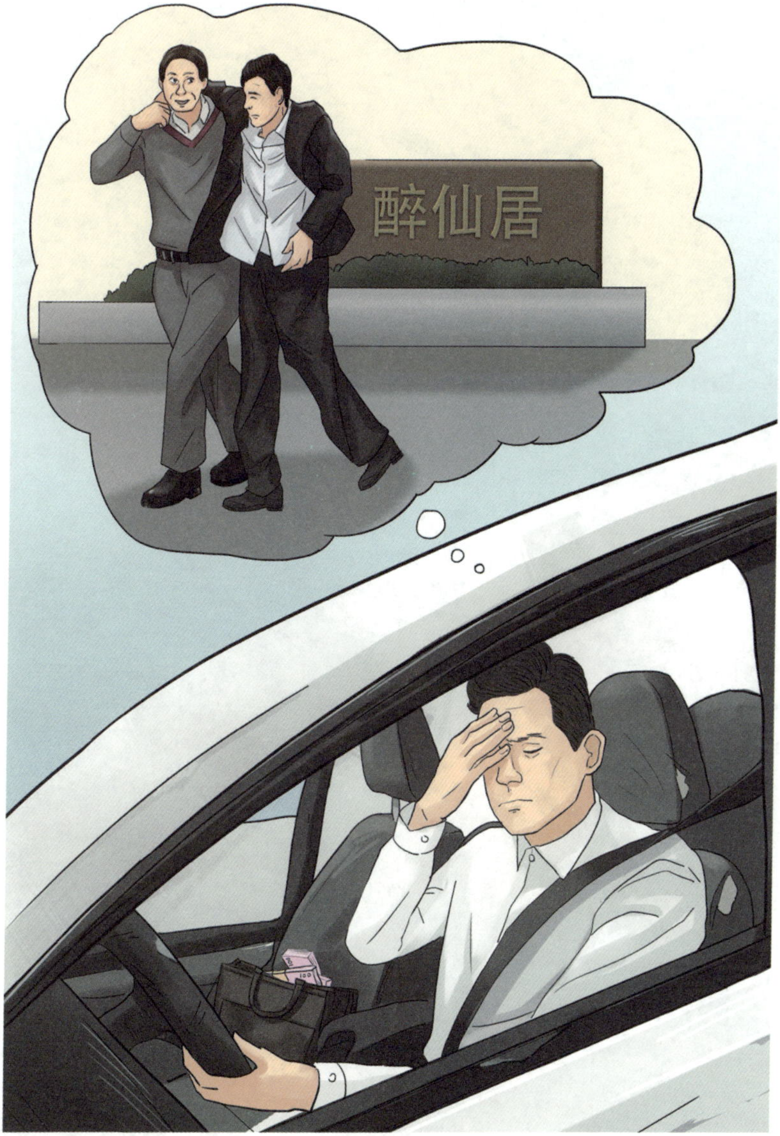
醉仙居

谁送的 5000 元

宿醉醒来，头疼欲裂。

何晋用冷水洗了把脸，醒醒神，穿好警服出门上班。

楼下停着一辆灰扑扑的宝骏，安静等待主人。它工作八年，陪伴主人风风雨雨，见证他从一个小民警成长为派出所的业务骨干。

何晋在想，什么时候能换掉这辆破车。

可惜工资不高，平时花钱的地方又多，工作七年一直没攒下钱，还是个单身狗。

唉，生活太没劲了。

坐进驾驶座，正准备系安全带，突然看到副驾驶座上有一个黑色皮包。

皮包长约 30cm，宽约 20cm。

这不是自己的包。那它是打哪儿飞来的？

何晋拿起包，拉开拉链。

震惊！

里面是一沓粉色钞票。

谁把这么多钱掉在了自己车里？

何晋捏了捏胀痛的太阳穴，努力回想。

昨晚，他和几个朋友聚餐，喝多了，正准备离开的时候，一个人扶住他。他好像跟何晋很熟，称兄道弟的，坚持要替他开车送他回家。何晋拗不过就答应了，迷迷糊糊坐上车。

何晋想啊想，终于想起送他回来的那个人是谁了。

他是……

何晋点了点包里的现金，5000元整。顶他大半个月工资。

从宿舍开车到派出所需要二十分钟。这二十分钟里，何晋经历了激烈的天人交战。

停下车，他不觉间已经汗流浃背。

他把那个皮包藏进了副驾驶的脚垫下。

这事天知、地知，反正连他自己都"不知道"这钱怎么就掉到了自己车上。捡来的票子，想还也还不了，索性就当捡了个便宜，收下……吧？

谁送的5000元

李建华半躺在按摩椅上,时不时瞟一眼正给他做足疗的女技师。

女孩的长相,是李建华喜欢的类型。他每次来都点她的钟。可惜除了跟她聊聊天,他什么也不能做,这家店是正规养生馆,要是敢对女技师动手动脚,怕是要被抓进局子里。

李建华闭上眼,琢磨着一个计划。

按摩结束,他对女技师说:"娜娜,把你们老板叫来。"

娜娜很是惶恐,"李警官,怎么啦?是不是我服务得不到位?"

"不是不是,跟你没关系,我有点事想和你们老板谈。"

"哦,好的,您稍等啊。"

过了约莫十分钟,杜国勇点头哈腰地进来了。

"李警官,您找我?"

李建华原先是兴平派出所的辅警,和辖区内娱乐服务场所的老板都很熟,经常一起吃饭,偶尔还收一些他们送的"小礼物"。

半年前,李建华的表哥找他一起做生意,他就辞了辅警的工作。结果生意没干成,还赔了一笔钱进去。

李建华亟须开辟新的"生意"。

|失足之戒

和杜国勇聊了几句闲天,李建华切入正题。

"杜老板,你这养生馆效益怎么样啊?"

"嗨,疫情之后好了些,但也就那样,不赚不赔吧,还是靠着您这些老客户撑着。"

"你有没有想过,搞些来钱快的服务?"

"来钱快的服务?"杜国勇愣了一下,目光中透露出了然,却还是装作不懂地问道:"您指点一下,啥服务来钱快?"

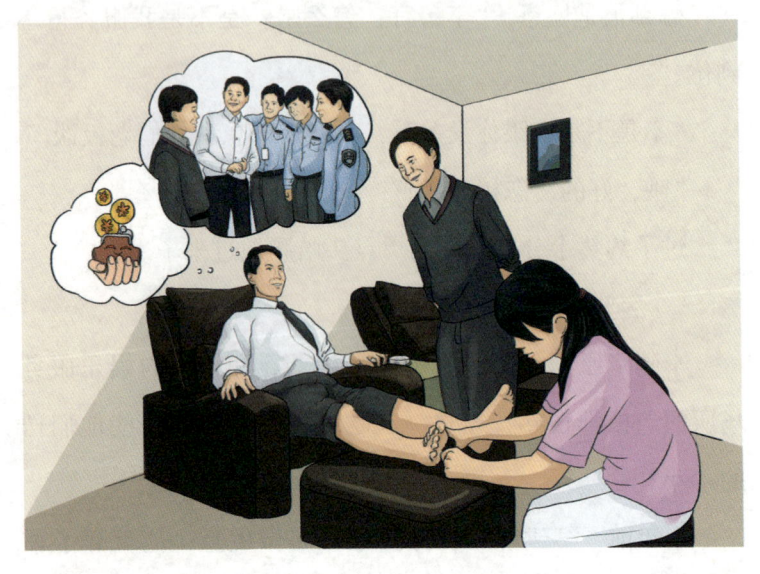

李建华压低声音:"现在这个大环境,你们搞这些传统项目,赚钱太难。搞些'擦边球'的服务,来钱更快啊。"

谁送的 5000 元

杜国勇笑着摆摆手,"不行不行,李警官,你应该是最了解的,现在查得那么严,我打'擦边球'不是找死吗。"

"所以,这事咱们得合作。"

"合作?"

"派出所那几个民警,都是我好兄弟,我改天组个局,把他们约出来,你们做生意的也来,大家认识认识,交个朋友,以后你们的生意就有人关照了嘛。"

杜国勇两眼放光,"要真能成,那李警官你就是我的贵人啊。"

"你等我消息,这几天我就把饭局攒起来。"

"好嘞,这次给您免单!"

"离职不离心",李建华虽已经脱离了单位,和曾经兄弟的情谊一点没淡,隔三岔五就组织各种饭局,邀请三五好友吃吃喝喝。

这一天,在李建华组织的饭局上,派出所民警何晋、徐佳扬、张思宇和富康养生馆老板杜国勇、长合宫 KTV 经理黄冰坐在了一桌上。

李建华介绍:"这位是杜国勇杜老板,这是黄冰黄老板,他们在附近开了几家养生馆、KTV,环境很不错,服务也好,以后兄弟几个工作累了,可以去放松放松。"

何晋与两个同事对视一眼，默默坐下。

这一带属于兴平街道派出所的辖区，商铺的治安归何晋他们管。黄老板、杜老板属于他们的管理和服务对象，这两个老板经营的场所性质又比较敏感，这坐在一起喝酒吃饭，有点别扭。

李建华没有这个敏感性。酒到半酣，他吆喝起来："黄总、杜总，别看我这几个兄弟年纪轻轻，前途那是无可限量的，本事大着呢。"

"几位小弟，大姐的生意做不做得成就全靠你们了，在此先干为敬，谢过了！"黄冰端着一杯茅台，一饮而尽。

这开门见山提要求，还真不客气。

何晋和两个同事交换眼神，感觉这是一场"鸿门宴"。

"鸿门宴"过后，李建华明显感觉三个"兄弟"谨慎起来，有酒局都要先打听，只要是有黄冰和杜国勇参加，都找理由推辞不去。

对李建华，他们也是渐渐疏远。

李建华出师不利，转头给杜国勇出点子："他不接受，那是还没看到好处，你还没触碰到他的敏感点。我告诉你怎么做……"

谁送的 5000 元

周三晚上，杜国勇收到李建华的"情报"：何晋和朋友在醉仙居吃饭，喝了不少酒。

杜国勇立马赶赴醉仙居，在包厢外等了半小时，里面结束了。

第一个出来的就是何晋，目光迷离，脚步踉跄，眼看左腿就要把右腿绊倒，杜国勇忙上前扶住他。

"何警官，走，我送您回家。"

"你——你是谁？"何晋直愣愣地打量杜国勇。

"我们吃过饭，我是李警官介绍给您的，我叫杜国勇，富康养生馆的老板。"

"你来干嘛，别管我，我自己回……"

"您喝成这样了，怎么回？我给您当代驾，放心，啊。"

杜国勇又拉又拽地把何晋塞进他的车后座，从何晋口袋里摸出汽车钥匙，开车把他送回宿舍。

到了宿舍楼下，何晋已经进入梦乡了，杜国勇费了老鼻子劲儿，把他背上楼，放到宿舍床上。

下了楼，呼吸一口新鲜空气。"累死老子了，这群家伙真难伺候。"杜国勇扯开领扣。

车钥匙还在他手里，他打开副驾的门，把一个黑皮包放在副驾驶座上。

133

又上楼,把车钥匙放在何晋的枕头边。

一切安排妥当,就看他何晋上不上钩。

第二天,何晋没有联系杜国勇。第三天,日子照常平静。第四天,一切还很平静。

杜国勇却不平静。日日夜夜反复琢磨:何晋能不能想起来是自己把他送回了家?何晋看到包里的钱,能不能把钱和自己联系起来?何晋把钱上交给单位怎么办?或者何晋自己吞了钱,却记不得是自己"上的贡",那不就亏大了?

过了半个月,杜国勇在一个饭局上又遇到了何晋,何晋主动上来跟他打招呼,态度友好了许多。

杜国勇明白:那包钱起作用了。

之后,杜国勇、黄冰和何晋接触就容易了许多。他们做服务业的,有的是办法让和他们打交道的人感到春风拂面、舒服愉快。杜国勇让何晋把两个好兄弟徐佳扬、张思宇也带上,三个年轻人本来就喜欢下班聚在一起喝酒,现在有老板陪着,酒足饭饱之后还有娱乐项目,更是从未有过的体验。

一来二去,民警和老板们的关系已经是直来直去,想要什么、想说什么,都毫不遮掩。

谁送的5000元

"来钱快"的特殊项目,在杜国勇、黄冰的店内悄然上架。

老板们也倾情回馈"警察小弟们"的关照。

何晋收到了2000元现金红包。

张思宇收到了1.5万元现金还有价值1000元的香烟。

杜国勇通过微信转账送给徐佳扬888元,还在自己的经营场所给李建华、徐佳扬提供"擦边球"服务。

何晋、张思宇还分别收受其他涉黄涉赌场所老板给予的财物价值约15万元。

又是一个不眠夜。何晋现在活一天算一天,不敢去想明天的事。也许下一个明天,他就会失去自由。

最近政法系统教育整顿工作深入开展,本市的公安系统时不时有人被带走,还有不少人主动投案,其中不乏参加过李建华酒局的人。

何晋找来徐佳扬、张思宇商量对策。

争论不下,徐佳扬一跺脚:"还对策啥啊对策,主动交代吧!坦白从宽,抗拒从严。"

最后,这个"铁三角"决定一起去投案。他们还约定,和纪委谈话时,把责任都往李建华身上推。本来就是这个

| 失足之戒

损友把他们拉下水的,在他的糖衣炮弹攻势下,他们才没能守住底线。

"交友是双向选择,若视交友为交易,本就突破了纪法底线。"留置室里,派驻市公安局纪检组的韩组长说:"何晋同志,你是公安干警,作为执法者,面对诱惑应当保持更强的定力,持身以正、交友以慎。做队伍中的'害群之马',必被清扫出门。"

"何晋同志,开始写你的忏悔书吧。"

插图:成都市成华区纪委监委

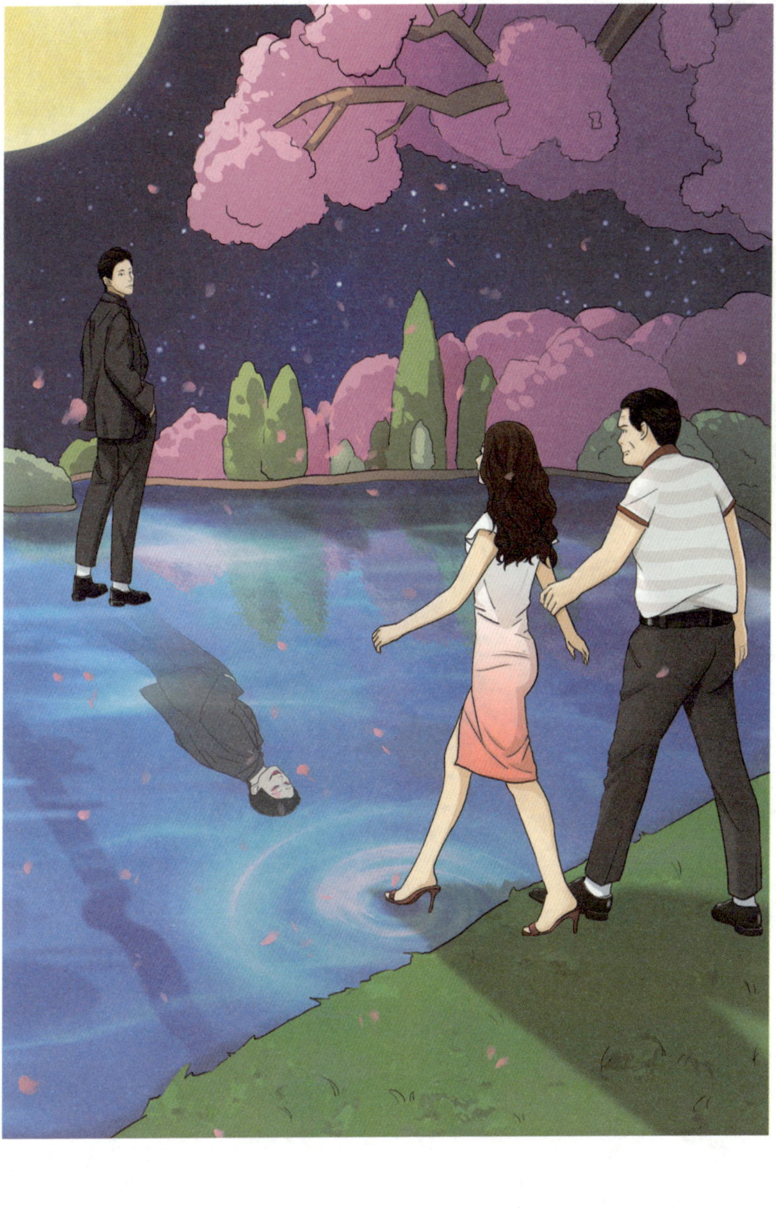

桃花计

一走进餐厅，我的心跳就开始加快，仿佛在期待着什么。

这家高档餐厅私密性极佳，外面平平无奇，里面别有洞天。独特的空间设计让人在室内仿佛身在竹林，环境清幽古朴，还带着点儿小资的浪漫。

服务员引导我在回廊里穿梭，转过一处和式屏风，我注意到了他。

白阳靠坐在沙发上，一身暗灰色西装，宽阔的肩膀，没有赘肉的肚子，修长的腿。

无论十年前还是现在，他总是人群中最显眼的那一位。

看到我，他连忙起身，向我伸出手，微微一笑："老同学，好久不见。"

他笑起来很好看，浅浅的酒窝，白白的牙齿，眼睛里亮晶晶的，像是有星星……和十年前一样。

| 失足之戒

但和十年前比，少了青春的恣意，多了中年的沉静沧桑。

毕竟，我们都是毕业十年的人了。在职场上摸爬滚打了十年，染了一身尘灰。

"你还是那么帅啊。"我握住他伸过来的手。

他的手心很暖很细腻。

"你也变漂亮了。"他笑道。

我们对视了片刻，我在他明亮的瞳孔里看到了自己的影子。

他从未这样专注地注视过我，尽管大学期间我暗恋了他整整四年。

我们面对面坐下来，他叫服务员过来点菜。

皇帝蟹、柚子蜜汁鸡肉、布列塔尼蓝龙虾、巧克力慕斯……还点了一瓶红酒。

我有种错觉，我在和男神约会。

这次是他主动约的我，我受宠若惊，不知所为何事。

毕业后我们都回了老家，也一直留着对方的联系方式，但从没联系过。他这些年的事我了解得很少，只知道他去了一家银行工作，妥妥的金融界精英人士。

"我一年前从那家银行辞职了。"他说，"去了一家金融企业，主要搞融资租赁……职位是副总。"

"你太厉害了吧！"我眨着星星眼，满满的仰慕。可惜我这人嘴笨，说不出好听的话，要不然，当初也不至于追不上心爱的男孩。

我们碰了一杯。

酒香浓烈，在唇齿间冲撞，像极了激情的味道。

三十多岁了，还以为不会再有这样的激情。

"你这些年怎么样？"我鼓起勇气问他，"结婚了吧？"

"没有。"他漫不经心地回答。

我很吃惊。

他这样的优质男，还会剩到现在？

"工作太忙，也没遇到合适的。"他把球踢回来，"那你呢？遇到你的真命天子没有？"

我摇头叹气："没有真命天子，只有催命领导。"

他笑。

"看你朋友圈，一直在出版社工作？"

"是的，做古籍编辑。"

"古籍编辑？厉害！"

"得了吧，工资一般，常加班。"

"这样啊……"他摇晃着红酒杯，想了一会儿，说：

"那你怎么不去你舅舅的银行上班?收入起码比现在翻两番。"

我惊讶:"你还知道我舅舅?"

"对呀,我们公司和你舅舅的银行有很多业务往来。你舅舅调到富信银行滨海分行当行长了,对吧?在那里给你解决个工作还不容易。"

我心说他消息真灵通,我舅舅上个月才从邻市调任过来的。

他给我倒酒,淡淡地说:"这次约你,没别的意思……我单着,我知道你也单着。"

呃,他这话说的……但愿不是我多想了。

"这周末有空不?带你去打高尔夫吧。"他说。

我的心漏跳一拍,男神邀请我打高尔夫!

可又泄了气:"我不会,没打过……"

"没事,我教你。"

……

他扶着我的胳膊,手把手教我握柄、挥杆。他身上淡淡的蔚蓝运动香水,清新爽朗,生机勃勃,很适合这阳光明媚的清晨。

由于我被男神的香气引诱得严重走神,一上午教学成果很差。他索性放我休息,和我在绿茵上漫步。

我们并排走着,我的个头只及他肩膀。上大学那会儿因为身高而自卑,不敢跟他表白。现在才觉得,这明明是最萌身高差。

阳光从我们身后扑来,在前面投下一双影子。

我们聊起了毕业后的经历,自然而然聊到了工作。

我问他,融资租赁是做什么的?

他给我解释了一通,我也没太听明白,只知道,和银行业务往来比较密切。

对了,他说起过,和我舅舅所在的银行有很多业务往来。

也就在这时,他提到了我舅舅。

"我还没机会认识邢行长呢,林芫,你到时帮我引荐引荐呗。"

"好啊。"给他帮忙,我百分百乐意。

"那就下周日,咱们再来打高尔夫,把你舅舅也叫上,怎么样?"他很兴奋。

"哦……哦,好的,我问一下舅舅有没有时间。"

"时间是有,但那个活动,我就不去了。"晚上,我跟舅舅提起这事儿,居然得到了这样的回答。

| 失足之戒

"为什么啊?"我不理解!舅舅向来最操心我什么时候嫁出去,现在幸福来敲门了,需要他助攻,他怎么退缩了?

舅舅拿起茶杯,吹了吹热气,"邀请我的那位,叫……白阳的?听你说,他是强汇融的高管,属于与我业务有关系的人,这种情况下,我不方便跟他打高尔夫。"

"舅,咱们和他见面,不谈工作。他仰慕你,想认识认识你,你就借着他对你的仰慕,把你外甥女轻轻推入他的,那啥,他的怀里……行不?啊啊啊啊,舅,我话都说这份儿上了!我能不能在35岁前嫁出去,全看你的了!"

我这一番咧咧,把我舅整懵了。

他呷了好几口热茶，才字斟句酌地跟我说："我是这么考虑的，你听听啊。白阳所在的强汇融，是一家融资租赁业务中介机构。据我了解，这家公司的股权结构很复杂，实际控制人隐藏比较深，在我上任行长之前，强汇融在我们行开展了融资租赁业务十多个亿，后来一些企业也通过强汇融在滨海分行贷款了17个亿，很多贷款是否合规都还存疑，现在落在我手里，都是一笔笔乱账……这些都不说了，你就想想吧，一个规模不大，而且成立只有五年的融资租赁中介机构，能从行里拿到那么多贷款，它怎么做到的？"

我想了半天，试探地说："行里有人帮助？"

"不排除这个可能！"舅舅"砰"地搁下茶杯。

"芫芫，我就实话实说了啊。你看，白阳这么多年没跟你联系，为什么在我当了行长之后，他就突然来献殷勤呢？他又偏偏是强汇融的高管……你真没觉得有问题吗？"

这下给我整懵了。

难道，白阳感兴趣的不是我，而是我舅？

不能吧……

"舅，你没证据。"我还想最后挣扎一下，"我一直喜欢白阳，我想抓住这次机会，你不能用一番没有证据的推论……就把你外甥女的幸福搅黄了啊!而且,不是你天天催我结婚的吗?"

"别激动,别激动。"我舅把我按住,"嗯……这样,为了你的人生大事,舅答应你,这周末去见白阳一面。但是呢,不去高尔夫球场,地点我来定,好不好?"

"太好了。"电话里白阳声音轻快,"一切听邢行长的吩咐,时间地点我等你通知。"

我舅最终选定了一个茶馆,"以茶会友"。

白阳不是一个人来的,还带了"一上一下"。一个是他的上级——他们公司的"一把手"张总,一个是他的下级——业务部刘经理。

这令我挺意外的,他事先没有跟我说。

我舅倒是一脸淡定,似乎他早就料到了。

有两个"外人"在,茶桌上就不好谈我和白阳的私事了。聊的话题,无非是以我舅舅为中心,以他们的工作业务为半径。圈外的我,插不进话,摆弄着茶杯,无聊透顶。

白阳起身为我倒茶,给了我一个安抚的眼神。他的眼睛还是那么好看,亮晶晶的,像有星星……

可给我的感觉已经变了。

我痴情,但我不傻。

"以茶会友"结束后,舅舅在车上问我:"什么感觉?"

我撇嘴:"没感觉。"

"不是给你泼冷水啊,你要是真喜欢白阳,就继续和他处,别跟你妈和你姥说我不配合。"我舅居然开始撇清责任。

我说:"我觉得,他喜欢的不是我,是你。"

我舅哈哈大笑。

回到家,我把和白阳的聊天记录来来回回翻看了好几遍,一咬牙,删除好友,电话拉黑。

本以为今年撞了桃花运,最终才知不是桃花运,而是桃花计。

日子又平平淡淡地继续。唯一的变化是,我舅再也不催婚了。

又过一年。

有一天,我得知一个重磅消息。

我舅舅的前任——原行长秦峰被纪委监委带走了。

同时被带走调查的,还有强汇融的有关负责人。

"听说白阳被抓了,行贿!"大学同学聚会上,有人神秘兮兮地说。

"这些年看他升那么快,豪车一辆接一辆买,女朋友一个接一个换,就觉得不对劲。"

这个话题迅速激起了所有同学的兴趣。大家你一言我一语猜测白阳干了什么好事,还冒出了一些阴谋论。

我低头剥龙虾,当透明人。

秦峰和强汇融联合干了不少法外之事。秦峰曾接受数家私企老板的请托,引荐和介绍这些私企与滨海分行建立信贷合作关系,这些私企再以强汇融融资租赁有限公司作为融资渠道,从滨海分行获得大量贷款。强汇融则以投资为名,先后送给秦峰人民币3000多万元。

秦峰卸任后,强汇融又把目光瞄准了我舅舅。但他们几次公关,连舅舅的面都见不上,于是放白阳出马,来"诱捕"行长的外甥女……

我甚至怀疑,这样的事他干过不止一次。

心中的男神形象轰然崩塌,我独自干了一杯酒,祭奠还没开始就结束的恋情。

插图:成都市龙泉驿区纪委监委

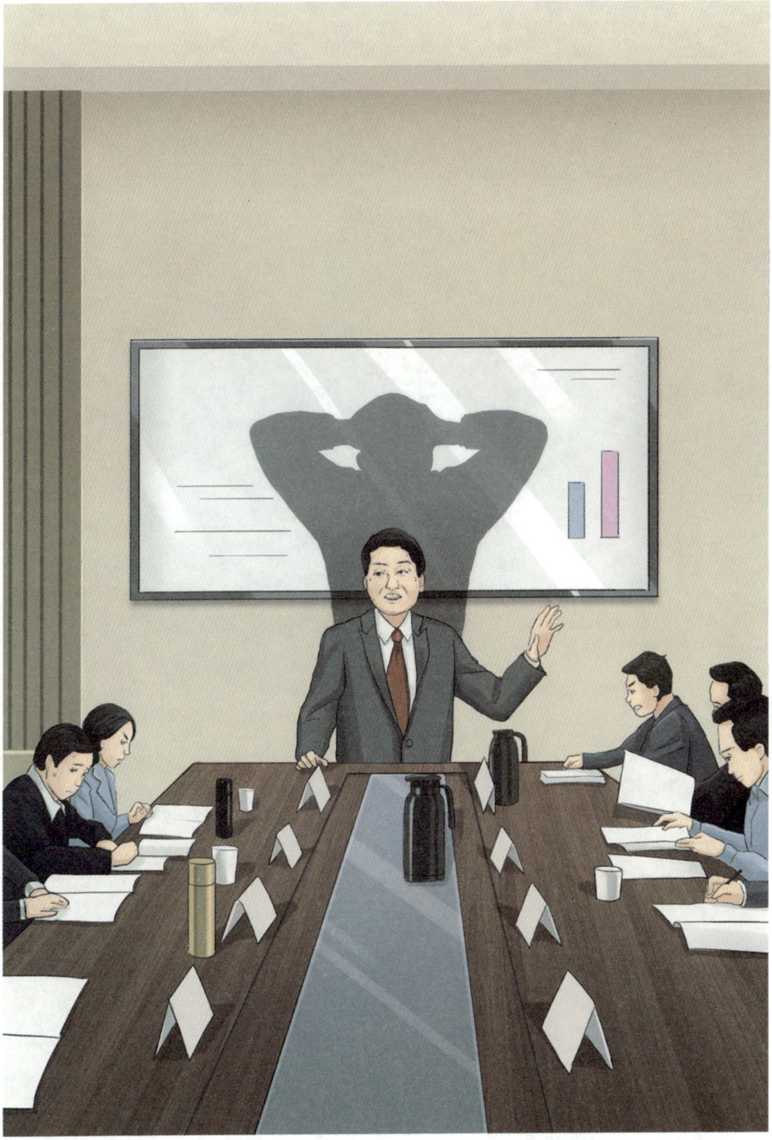

我得了一种只能说真话的病

病发得很突然。

早上出门上班,老婆问我:"晚上回来吃饭吗?"

我正想说:亲爱的,今天要下乡走访,估计回来很晚了,你和闺女先吃,别等我。

我嘴里冒出来的却是:"今晚和孙总约好了聚餐,然后去夜总会,行了,你能别老管我吗?"

——配上极不耐烦的语气。

我和老婆都震惊了。

趁着被老婆干掉之前,我光速逃跑。

车开到光化桥,遇到堵车。到了出口,才发现是交警设卡查酒驾。

我的心一下子提到嗓子眼。

"砰砰砰。"交警敲我的车窗。

我摇下半个车窗,正想微笑着说:警察同志辛苦了,

| 失足之戒

我是镇政府的,就不用吹了吧。

可我听到自己的声音是这样的:"你们有毛病吧!大清早的查酒驾!是,我昨晚和镇上最有钱的大老板喝了不少……我是镇政府的领导,你们想怎么着吧!"

交警黝黑的脸一下子绷紧,把一根红色的棒棒递过来,"领导,请吹吧。"

瞬间,我背上的汗湿透衬衫。犹豫片刻,对着酒精测试仪轻轻吹了一口。

交警看着测试仪上的指标,面无表情。

"您的呼吸中有酒精含量。"他说。

我瞪大眼张大嘴,忘记了呼吸。

"但没达到酒驾标准,您可以走了。"

我长出一口气,堵在嗓子眼的心脏终于回窝了。"哎呀,交警老弟,你能一次性把话说完吗?我这条命差点被你送走……要命咧要命咧。"

"但是,领导。"交警故意把"领导"二字说得很重,"如果前一晚喝酒了,第二天早晨最好不开车。您这次过关了,不代表下次也没问题。到时候查出来是酒驾,别说您是镇领导,省领导也不行啊。"

我笑着表示:嘿嘿,是的,您教育的是,我以后一定注意。

我的嘴却再一次背叛我:"别在这装,省领导来了,你们真敢查?"

趁交警收拾我之前,我一脚油门溜了。

一路"披荆斩棘"终于来到单位,在办公室坐下,刚想喝口水,陆可进来了。

"牛主任,朱大爷已经在接待室等您好久了。"

我想说:我今天忙着准备民主生活会的材料,实在没空,你去劝劝大爷,让他改天再来。

可我却听自己骂道:"烦死这些老农民了,没完没了,

| 失足之戒

懒得见。"

我和陆可都震惊了。

为了在陆可面前挽回一下,我沏好一杯热茶,去了接待室。

朱广富一见到我,局促地站起来。

"朱大爷,坐坐坐。"我把热茶放在他面前,"不好意思,让您久等了哈。"

"领导好。"朱大爷搓着手,"我儿那事……怎么样了呀?"

去年,在村里一项工程项目建设中,朱广富的儿子因事故重伤身亡。朱广富对后续处理很不满意,觉得从头到尾没有任何人站出来对朱家的悲剧承担责任,家属最后拿到的赔偿金也少得可怜。

朱广富不甘心,天天往镇政府跑,请求主持公道。

我看着朱广富浑浊的老眼,已经打好了腹稿:朱大爷,这件事我们已经向县里反映了,您放心,您儿子不会枉死,我们绝对会为您主持公道。

"公道?哪有什么公道?负责工程的村干部和县长秘书是连襟,我们能奈他何?至于赔偿金,原本还算丰厚,足够你们老两口养老,但经不起层层盘剥、雁过拔毛,真正落到你们手里的，只剩一点零头。"

这时，我感到气氛不对。

糟了，我捂住嘴。腹稿没说出来，却把上面这段腹诽给说出来了！

朱广富用通红的老眼瞪着我，干裂的嘴唇颤抖着。

"老朱，来，来，先喝口茶……"陆可一看情况不妙，上来安抚朱广富。

突然，朱广富的大手一把呼过来，把我手里的茶杯扇出老远。

这个憨厚隐忍的老农民，在儿子身故时都没这么激动，只是蹲在儿子棺材旁默默抽了一夜的烟。

直到今天，火山终于要爆发。他的拳头捏了又捏，手背青筋暴凸。

我下意识退了两步。

而他终是松了拳头，默默收好上访材料，转身离开。走到门口，又回过头，指着我："你们不给我主持公道，我上县里说去。县里不管我，我就上省里，再大不了，上北京！"

朱广富走了，陆可跑进来，"主任，怎么回事？要不要把他拦住，再劝劝？"

| 失足之戒

"老农民的破事早都给他解决了,还在这闹,管他呢,让他去北京!"

陆可惊呆。

我也尴尬。该如何解释,我得了一种只能说真话的病。

"主任……马上该开民主生活会了。"

陆可提醒我。

我回过神来,对,今天最重要的事是开民主生活会。

可心里隐隐不安。

我这张嘴啊……到时它能乖乖的吗?

好在,我已经写好了文字材料,到时候照本宣科就行。

上午10点,班子民主生活会正式开始。

先针对中心议题学习有关文件,统一思想,提高认识。再介绍本次民主生活会准备情况,通报上年度整改措施落实情况,反馈本次会议征求到的意见建议情况,党支部书记代表领导班子对照检查。

一切正常。

接着,开始批评与自我批评。

"一把手"彭书记带头自我批评,念了十五分钟稿子,清汤寡水,四平八稳。

之后每个人开始给领导提批评意见。

"二把手"说:"去年彭林同志对自己要求严格,但是督促监管下面比较少,统筹抓发展不够。"

"三把手"说:"作为单位'一把手',彭林同志工作中过于亲力亲为,只有工作没有生活,应该平衡好工作和生活的关系。"

轮到我了。我真诚地望着书记的眼睛,声音洪亮:"彭林同志,您工作上存在形式主义。一年前我跟您走访过一次低保户后,到目前为止,再也没有去过了,低保户的困难您也没有给解决,您是不是有作秀之嫌呢?"

话音落,我和所有人都震惊了。会议室鸦雀无声。

老天爷呀个亲娘咧。

我本来想说,书记的工作千头万绪,却一直对低保户十分关心,目前个别低保户还有些困难,希望书记能给予解决。

可我这条舌头这张嘴,各有它们自己的想法。

彭书记面不改色点点头:"说得对,我对低保户关心不够,会后立即改正。"

批评继续。

而我,开始在怼人的路上狂奔不止。

——"贺玲同志,你一岗双责落实不到位,分管的两个单位违纪违法问题多发。"

——"张成岭同志,你刚才的自我批评是炒冷饭,把上次的老问题拿来再说一遍。"

——"刘焕同志,你今年的剖析报告是抄去年的吧?不能说和去年毫不相干吧,只能说一模一样。"

——"马旭同志,你上班经常迟到早退,还在办公室打游戏,给年轻干部带了个坏头儿。"

……

会议室的气压越来越低,冷风瑟瑟冬意寒。

这和计划中不一样。

计划中的民主生活会,是温柔的,和气的,走走过场就完的。

是我,把清汤锅搅和成了麻辣锅。

轮到我作自我批评了。

我挥舞着四十米长刀,疯狂砍向自己:

"我对明旺村村民朱广富反映的问题敷衍塞责、推拖绕,对该村干部违规插手工程问题睁一只眼闭一只眼。"

"我为了招商引资,和老板吃过饭。"

"我今晚还打算和孙总吃饭。"

"我……"

打住打住，我在说什么……

这可是民主生活会啊，镇领导班子都聚齐了，还有上级领导、纪委监委督导组的同志列席会议。

而我，在这发癫。

现场气氛凝重，各人神色微妙。竟还有人向我递来"敬佩"的目光。

我，欲哭也无泪。

然而。

不知是不是被我感染了，大家的发言竟都开始尖锐起来。

批评和自我批评不留情面，击病灶、戳痛点。

有的问题一针见血，触及灵魂。

督导组也来劲了，互相批评一旦出现模糊客套的表述时，就当场叫停，提醒矫正。

会议开了4个多小时，督导组叫停了3次，党组成员互相提了41条批评意见。这种感觉就像是……吃了一锅爆辣的火锅，痛，却也畅快。

彭书记的额头挂着汗，白衬衣后背湿透。

会议最后，彭书记郑重表态："我们将对照个人查摆出的问题、相互批评发现的问题，逐一列出问题清单、整改清单，明确整改时限，把民主生活会的成果转化为工作成效。"

终于散会了，我恍恍惚惚回到办公室，瘫坐在椅子上，掐着自己的人中。

完犊子喽。

一场普普通通的民主生活会，被我搞得这么刺激，这么吓人，我在这个单位还怎么混下去……

突然想起什么，拿出手机，给孙总发了条信息：今晚的聚餐先取消吧。

孙总道：别啊，领导，都安排好了，给个面子！

我说：放心，你们厂里的合理诉求我会帮助解决的，不在一两顿饭哈。

后面的半天，我把自己关在办公室，不敢见人，怕这张臭嘴又说出真实的错话。

晚上，筋疲力尽回到家，又是一场暴风骤雨。

我家那个老婆，早早守在玄关，我一进门，她的手指就戳到我的鼻尖，"姓牛的，我要抓烂你的脸！我为这个家，啊，付出多少，啊？夜总会你都玩起来了，很奔放啊，还有没有一名党员干部的样子？我要跟你离婚！"

……

第二天，我顶着被抓烂的脸来上班。

刚到单位，就通知班子开会。我一下子又紧张了。

坐定，发现彭书记的脸色还不错。

他先是传达了县里的指示："在本县各乡镇中，信达镇政府班子民主生活会开得最好，动真碰硬、辣味十足，各单位务必学习借鉴……"

接着，他回顾了昨天的民主生活会，感慨道："这辈子都没开过这么辣的民主生活会。"

何止他没被这么辣过，我们在座的都表示太辣了。

"对于昨天会上指出的问题，各位要立行立改，拿出能操作、可落实、有成效的措施，三天内把整改方案报给我，对账销号，做到真改、改透……"

从会议室一出来，我就拨通了朱广富的电话。

我要改，就先从朱广富这里改起吧。

插图：成都市青白江区纪委监委

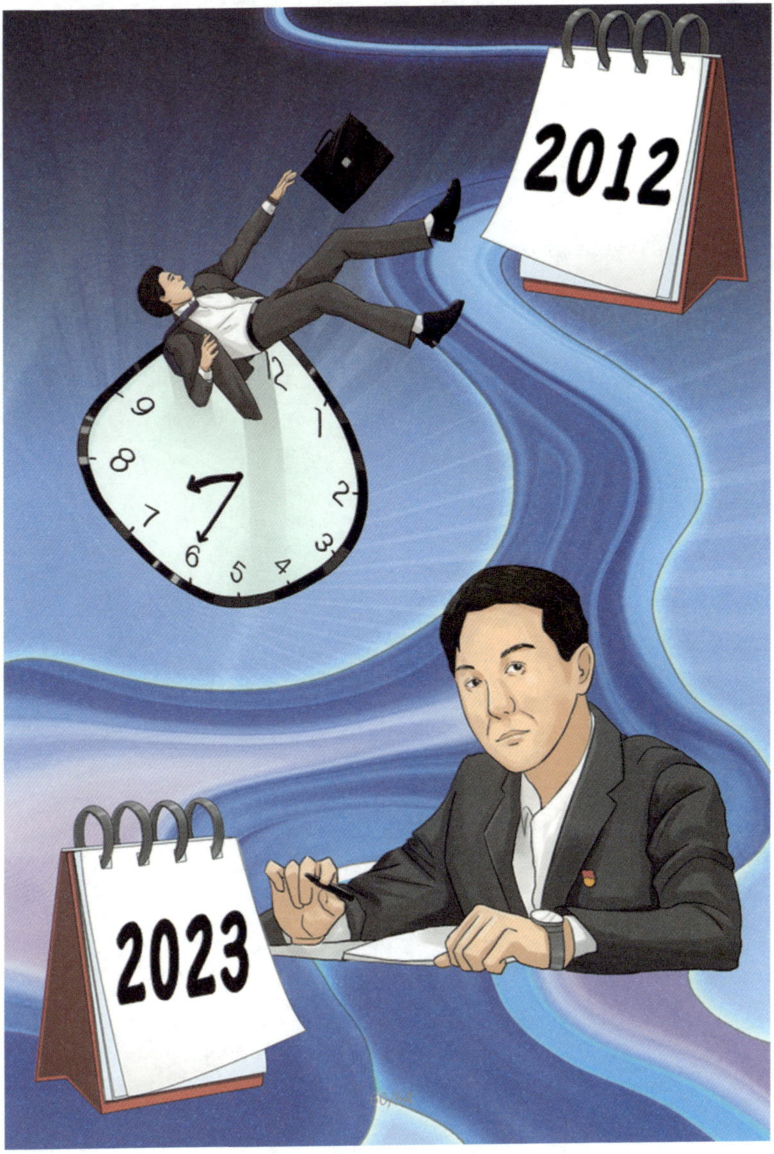
2012
2023

张久久穿越记

一

一觉醒来,张久久发现自己穿越了。

2012年12月3日晚上,大金碗酒店。韩总宴请杨局长,张久久陪同,3个人干掉6瓶高档白酒。

怎么回的家都不知道。

这一晚,张久久睡得不太好。全是梦,梦里发生了一些奇怪的事,最后他竟然梦见自己被纪委带走了。

梦中惊坐起,张久久擦擦汗,发现家里变了样。

扭头看床头闹钟:2023年12月4日,7∶30。

要迟到了要迟到了,鞋子呢?衣服呢?

等等。

张久久定住身体。回头看闹钟:2023年?

……

|失足之戒

在反复确认之后,张久久终于明白:他,穿越时空了。

从 2012 年 12 月 3 日,穿越到了 2023 年 12 月 4 日。也就是说,2012 年的张久久,代替了 2023 年的张久久。

十一年间的记忆一时却拾不起来。

正在迷茫中,张久久发现一个"惊喜":自己提职了。

现在的张久久,已经不是以前的科员,而是张局长了。

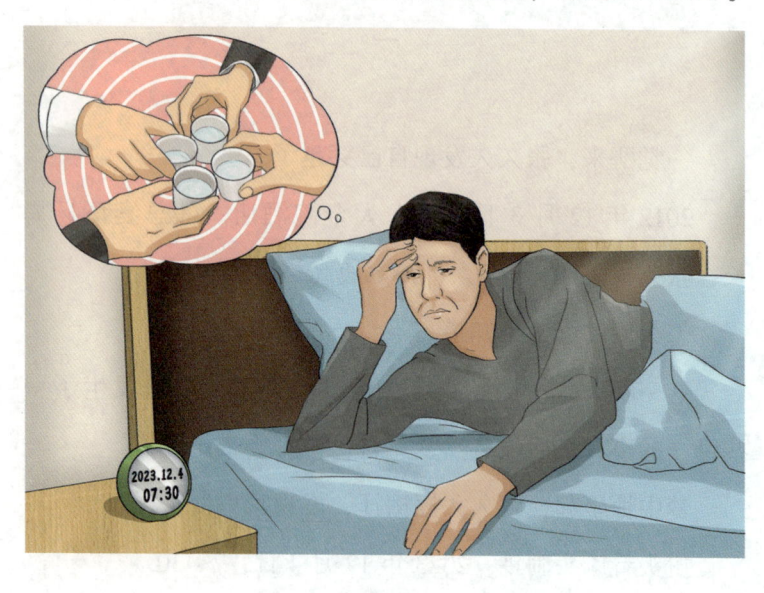

二

张久久照常去上班。不知为啥,单位没派公车接送,好歹是局长了啊。

一上午，他坐在办公室，不知道该干点啥。一时兴起，召集各部门开了两个会，说了些比较虚的东西。

同事们都觉得今天的局长有点怪。

以前他都是来得最早，忙到最晚，开会也是安排具体工作，没废话。

今天怎么搞起官老爷 style 了。

第二个会磨磨唧唧开完，就到下班时间了。

按照十一年前的习惯，下班就想去喝两杯。

张久久随口提议，几个部门负责人一起聚个餐。

大家更觉得奇怪，局长今天咋了，工作日手头还有那么多活儿，突然张罗聚餐，谁掏腰包？

大家问局长："领导，去哪儿吃？"

张久久说："就近，大金碗吧！"

那家酒店，环境豪华，菜品高档，就开在机关单位附近，生意火爆，2012 年一连开了三家分店。

刘主任说："局长，大金碗好几年前就倒闭了，现在改成老魏家常菜了。"

张久久一愣，哦对，现在是 2023 年。变化太快。

"那我给韩总打个电话，让他接咱们去远点儿的地方吃。"他掏出手机。

韩总？大家面面相觑，脑袋中蹦出七个字儿："不吃公款吃老板?!"

就在张久久拨电话的当儿，四个部门负责人挨个找借口溜了。

三

韩总接到电话，简直不敢相信自己的耳朵。

自从七年前那件事以后，张久久就跟他断了私交。

工作上的事，公对公地谈，按照政策来办，该解决的问题认真帮忙解决。

但私下里约饭，电话打爆都约不出来。

这突然送上门的约饭，韩总当然得接住。

"张局长，我这就去接您，张局长！我知道有个地方很私密，马上订包厢。对了，我带两瓶酒……"

挂了韩总的电话，张久久给老婆打电话报备。

"你要跟韩总吃饭？"电话里老婆的声音瞬间拔高三个八度，"刚提拔就昏头了？那年纪委找你谈话差点吓尿，忘了？这次是不是想背个处分？想被曝曝光，出出名？我告诉你啊，我跟闺女可丢不起这人！"

连珠炮的质问喷得张久久当场蒙圈。

十一年间，都发生了什么？

在等候韩总的时候，张久久打开手机捣鼓，智能手机用得还不太顺手，科技变化真快。

突然收到一条新闻推送："中央八项规定出台十一周年，给中国带来哪些变化？"

"中央八项规定？"——这是什么？

张久久打开电脑，在搜索框输入这六个字。

四

就在张久久2012年12月3日晚上穿越后的第二天，发

| 失足之戒

生了一件注定要在历史上浓墨重彩记上一笔的大事。

2012年12月4日,中央政治局会议审议通过《十八届中央政治局关于改进工作作风、密切联系群众的八项规定》。

从那之后,变化来得天翻地覆。

一场涤荡顽瘴痼疾、扫除作风积弊的战役打响。

搜索引擎前几页,几条新闻引起张久久的注意:

"中央纪委国家监委连续××个月公布全国查处违反中央八项规定精神问题月报数据";

"××省印发落实中央八项规定精神正负面清单";

"××市通报5起不担当、不作为、乱作为典型问题";

"纪检监察机关严查节日'四风',重点整治隐形变异问题";

"中央纪委国家监委公开通报十起违反中央八项规定精神典型问题"。

……

看了许久,张久久似乎有些看明白了。

原来,这已经是一项锲而不舍坚持了十一年的铁规矩——

纠治形式主义、官僚主义、享乐主义、奢靡之风;

狠刹公款送礼、公款吃喝、公款旅游；

推进基层减负，倡导勤俭节约、反对铺张浪费……

现在的风气，与从前大不同了。

五

张久久心里一惊。

他以前也跟风吃过喝过，按照这十一年的规矩，他早都该下线了！怎么还干到现在？还成了局长？

这中间，一定发生了什么事。

可是，他这会儿还回忆不起来。

对了，自己有写日记的习惯，过去十一年自己的工作生活情况是不是都在日记里呢？

张久久一通翻找，在办公桌一个上锁的抽屉里找到了三沓厚厚的日记本。

他从2012年12月开始看，重点关注和中央八项规定有关的记述。

2012年12月26日，他写道："上级再次传达中央八项规定精神，要求各级贯彻落实。我听邻座议论，说这是上头领导们的事，跟我们基层没太大关系。"

失足之戒

2013年4月5日："有一些党员干部违反中央八项规定精神被处分了，还通报曝光，有些在全国都引起轰动，搞得我们也有点慌。但很多人都觉得这是一阵风，过段时间总会风平浪静的。我觉得也是，吃喝一张嘴，年年喊、年年吃，这么多年都管不住，这次就能管住？"

2014年5月1日："节日期间查得很紧，饭局不能去了。"

"单位清查高尔夫会员卡，我没那些卡，不好这一口。"

"韩总打了好几次电话约饭。去，还是不去？应该没啥大问题，唉，我这人爱热闹，下班了就喜欢跟人聚聚。"

接下来几页内容，有点"劲爆"——

2014年10月11日："因为以前和老板吃过几次饭，今天纪委找我谈话，第一次经历这么严肃的谈话，突然感受到了'组织'的分量。说实话，非常紧张，衣服都湿透了。这次全县处分了一批人，有的是公款旅游，有的是公车私用，有的收管理服务对象礼品……关键还给通报了，通报也和原来不一样，原来就是在单位小范围意思一下，现在可要命了，直接在网上曝光，这脸可丢大了！纪委同志说，幸亏我是在中央八项规定出台前和韩总吃的饭，之后就警惕和收敛了，不然后果会很严重……实在是庆幸啊，原来大家都不当回事的事儿真的很严重，差点儿就毁了，真不值当，可得长点儿心了！"

后面的日记内容，吃喝提得少了，工作讲得多了。

张久久翻到最后一页，是 2023 年 12 月 3 日的日记。

"今天是我的生日，忙了一天，想想今年的工作，还真是挺充实：

在局里提倡勤俭节约，各项开支在去年基础上又下降了 10%。

牵头进驻县行政服务中心，制订服务规范和流程，组织人员培训、上岗，我们的窗口被评为标兵窗口。

下乡时间达到工作时间的三分之一，到联系点走村入户 110 家，推动县里有关方面解决群众遇到的困难和问题 20 多个。

……

今年我被提拔当了局长，这我是真没想到，说实话，心里很感动，因为自己做的工作得到认可，自己的品行得到认可，而且不是你去跑来要来的，这是不是更值得珍惜？没啥说的，只有更加努力付出吧！

好了，回家吃老婆做的长寿面。"

……

|失足之戒

张久久看到这里，心里渐渐平静下来——挺稳啊咱。

突然又惊得跳了起来。妈耶，刚才还在约饭局，差点就挖个大坑把自己给埋了……

这时，韩总发来短信："张局长，我快到了，您下楼吧？"

张久久心说，韩总，这次得放你鸽子了。

六

晚上，张久久又做梦了。十一年里的故事在梦中上演，帮他一点点重拾记忆。2012年的张久久和2023年的张久久，慢慢地重叠。

第二天醒来，神清气爽。

到办公室前，张久久去了一趟局里的服务窗口。

他注意到3号窗口的陶姐。

他记得，以前陶姐不好打交道，心直口快，一言不合就甩脸子，把人能呛个跟头。

现在，"有事找陶姐"，群众都爱找她办事，因为她不仅态度发生了很大变化，而且麻利干练，情况清，政策熟，多复杂的事，怎么办、找谁办、要什么材料，几句话就能交代得清清楚楚。

人家陶姐现在是服务大厅里的明星办事员，名气比我这个局长可大多了。

看着陶姐和办事群众认真说话的样子，张久久感慨，能改变一个人，这是多么大的力量啊！

张久久的手机振了一下，是办公室主任发来的短信："局长，根据本周办公会的安排，今天要去三木镇了解公益林补贴的发放情况，咱们什么时候出发？"

"马上！"张久久加快脚步……

插图：成都市新都区纪委监委

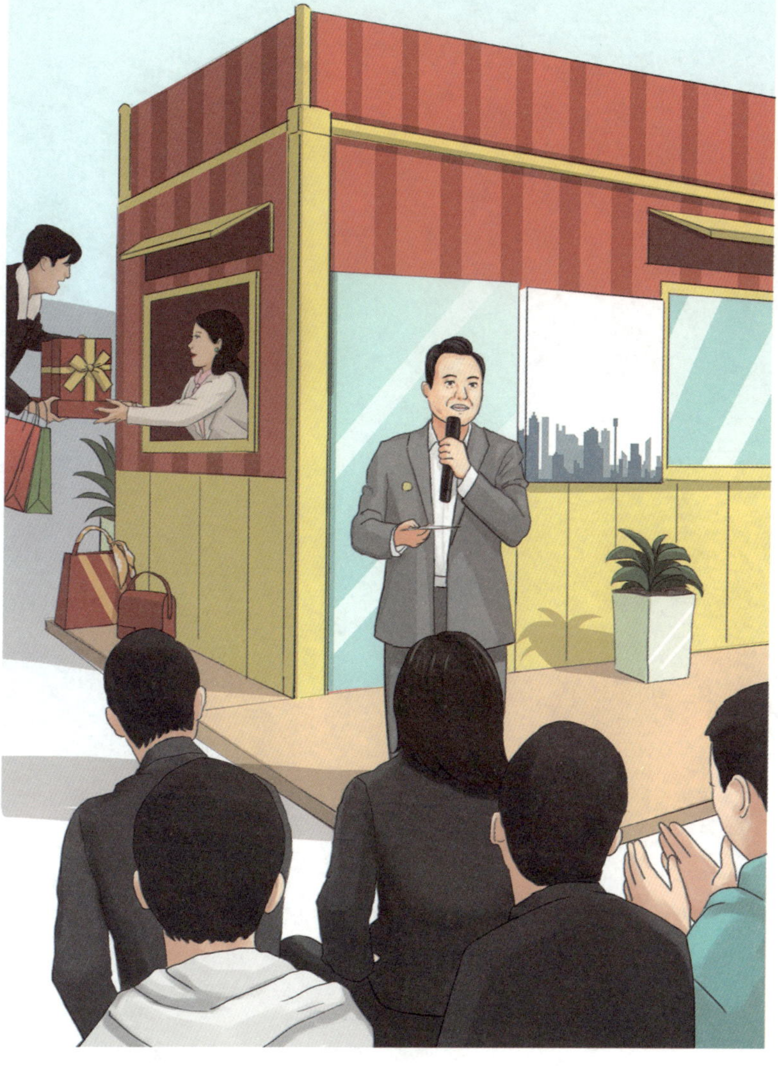

真乃贤妻

我老公和他的小女友分手了。

他深夜买醉回来，坐在沙发上发呆。

不知是谁在反复给他打电话，他不肯接。

我猜可能是那个女孩。

贤惠的我也不知道怎么劝他，就给他倒了一杯水。

他抬头望向我，眼眶通红，像哭过的样子。

男儿有泪不轻弹，这次应该是戳到伤心处了。

贤惠的我也不知道怎么安慰他，就递了一张纸巾，他接了过去。

唉，失恋的人，总要给他一点关怀。

老公在客厅枯坐了一整夜。第二天我睡醒，发现他还以同样的姿势坐着。

领带拉松了，衬衣扣子解开了，满脸的沧桑。

他恋爱正浓那阵，意气风发，现在好像一夜老了十岁。

失足之戒

我还是不知道怎么安慰，便轻声提醒他："你先把失恋的事放一放，今天徐总约咱们吃饭打球，还有商量合作的事。"

他点燃一支烟，深深吸了一口。

"你替我去吧。"他声音沙哑，"与徐总的商谈，你全权负责，我相信你。"

"你真没事啊？"我担忧地问。

他扭过头去，"我想静静。"

我也懒得问静静是谁，于是不再管他，精心梳洗打扮一番，拎着爱马仕踩着恨天高精神抖擞出门去。

走到门口，我又回头，对老公说："你去找她挽留一下呗？嗯，也可以把她叫到家里来，好好聊聊。如果需要我帮忙，我也乐意哟。"

他不耐烦地瞥了我一眼，"滚。"

我带着银铃般的笑声"滚"了出去。

我，杨婉瑜，副市长周逆的妻子，一个特别贤惠的女人。

老公在外打拼事业，我在家里做好他的贤内助、经纪人。

比如，有人送礼来家里，我帮老公收。或者，老公收的钱,我找人洗白。

我以副市长夫人的身份出席各种高档场所,认识了不少商界名流。渐渐地融入贵妇太太圈,合照站上了 C 位。我又通过这些人脉,给我老公介绍工程项目……

所以我不是普通的家庭主妇,我为这个家创造了巨大的经济价值。

我的贤惠还表现在从不过问他的私生活。

他找小三又如何?小四、小五都可以。

周逆的钱在我这,他的资源也为我所用,我和他是利益共同体,他离不开我。

天下熙熙攘攘,皆为利来利往。

晚上,周逆回来了,神采飞扬。我猜,他应该是跟小女友和好了。

"瞎想什么呢?"周逆拍了一下我的肩膀,"没敢跟你说,怕你担心。我昨天状态不好,是因为有人举报我,纪委对我函询了。"

"啊?"我慌了,这个消息,比老公有了新女友更让我慌乱。

"放心,已经没事了。幸好我们比较谨慎,很多钱都是由你经手,你也处理得很隐蔽,纪委拿不到证据。"

| 失足之戒

我松了一口气。

"最近,还是要小心谨慎为妙,少跟那些商人老板接触。马上春节了,别让他们送礼送到家里来。"

"哦了,明白。"

又过几日,我闲得发慌,正好陆太太邀我去逛街,我应了,权当散心。

在商场,我看中了某个奢侈品牌的戴妃包,标价 3.15 万元。

陆太太和柜姐傍在我一左一右，使劲夸这个包好看，我说有点贵，她们说这是经典款，专柜就这一只，贵有贵的道理。

我纠结了一会儿，终于下定决心把好物拿下。遂掏出手机，"稍等，我喊'支付宝'过来结账。"

"喊'支付宝'？"陆太太和柜姐很是疑惑。

十五分钟后，"支付宝"气喘吁吁地来了。是个大腹便便的中年男子，穿着polo衫，手里拿着小方包。

"胡经理，好久不见！"我跟他打招呼。

"哎呀，市长太太，还不是怪您，好久不来光顾我们商场。"

"胡经理，是这样的，我看中了一款戴妃包，就这款，您帮我参谋参谋，好看吗？"

"啧，市长太太眼光很毒啊。"

"唉，就是小贵，我犹豫要不要拿下……"

"这有什么可犹豫的。"胡经理扭头对柜姐说，"把这款包装起来，账记到我名下。"

"哎呀，怎么能劳您破费，不行不行……"

"您客气啥呀，还看中什么了？"

……

| 失足之戒

拎着大包小包从商场出来，陆太太对我佩服得五体投地。

"所谓'支付宝'，就是这家商场的经理啊？"

"嗯啊，每次我和老公来这里购物，都是他出钱，我们就给他起了个绰号：支付宝。"

这些年，无论走到哪里、买什么东西，我们都有专属的"支付宝"。

上次我和老公去做足疗，想到要花几百元，顿觉肉疼，马上呼叫王老板，请他也来放松一下。王老板飞奔而来，不仅结了账，还办了一张8888元的储值卡送给我们。

上上次，我去看牙，老公让他的秘书方滕陪我，方滕主动支付了全部费用。修完牙老公接上我去商场，看上了一堆衣服，却发现两人都没带够钱，又是方滕结的账。

还有上上上次，上上上上次……这些年，大到数万元的家具家电，小到几十块钱的日用品，我和老公无论看好什么东西，都会现场找来承建商或下属买单。

主要还是因为我节俭、贤惠。看上什么东西，要是我掏自家的钱，就得拼命算计，花一分钱都难受得很。

可如果别人买单就不一样了，我就想买最好的最贵的，一点也不会肉疼。

反正那些"支付宝"们也心甘情愿。

我和陆太太拎着购物袋，昂首阔步摇曳生姿走在步行街上。忽听一阵"咔咔咔"的快门声，原来是几个街拍小哥把长枪短炮对准了我。

我从容回眸，一笑百媚生。

又自己拿着手机，"咔咔"自拍了一组照片，星巴克里喝咖啡的时候把照片仔细P了一下，上传社交平台，啧，人间富贵花既视感。

却没想到竟闯了大祸。

也不知道是哪个挨千刀的街拍博主，把我的街拍照片发到社交平台上。由于我的穿着打扮太惹眼，手里那一串奢侈品购物袋更是霸气侧漏，引发了广大吃瓜网友的兴趣。

可我是个经不起被网友感兴趣的人。

很快，他们扒出来我身上每一件衣服、配饰的款式和价格，然后像发现了天大的秘密一样兴奋："副市长夫人上百万行头商场疯狂扫货！"

网友像嗜血的蚊子，全都躁动起来，开始对我进行最可怕的酷刑——人肉搜索。

一会儿工夫，我的姓名、学历、电话、家庭住址等所有信息，都被人肉出来了。

失足之戒

很多陌生电话打给我,还有成百上千条短信涌进来:
"贪官太太,花着老百姓的纳税钱,小日子很舒服?"
"看纪委查不查你,不查没有天理!"
……

半夜12点,我和周逆还有他的两个心腹坐在客厅里,盯着手机。

各个社交平台的舆情哐哐往上升,热度越来越高。

"删帖!删帖!"周逆怒道,"联系网信办,删帖!"

两个心腹你看看我,我看看你,"下午就已经联系过了……舆情已经扩散到全国了,压不下去了。"

周逆望向我,他那燃烧着怒火又冰冷无情的目光,让我浑身一颤。

我自知理亏,也被网友骂得身心俱疲了,低着头说:"是我的错,随你处置。"

周逆站起身,整理了一下西装,带着两个心腹离开了家。

一个小时后,我看到了他的声明。

先是一通道歉,安抚网友。接着就说,他五年前就已经和杨婉瑜离婚,并已经再婚,育有一子一女。

媒体震惊,网友震惊,我更震惊。

我之前说他有什么小女友，都是玩笑话。

可人家没当玩笑啊。看样子和那个女子在一起已经五年了，孩子都会背 ABCD 了。

原来小丑是我。

是我，顶替周市长太太的名头和老板交往；是我，以周市长的名义收受礼物和钱财；是我，借着周市长的影响力给我哥哥拉工程……

周逆说，这些事他全都不知情。如果确实有人打着他名号办事，他失察失管倒是真的。

把自己择得干干净净。

一整夜，我坐在豪宅的落地窗前，看着外面万家灯火，多么朴素的幸福。

而我的家，已是灯灭人去。

被贪欲捆绑的夫妻同床异梦，被利益腐蚀的亲情早已变质腐烂。

困兽犹斗的周逆到底还是低估了网友的智商，低估了纪委监委的铁腕。

我和他，是同一天进的留置点。

办案人员对我说，之前已经有举报人提供了周逆的违纪违法问题线索，核查组对他进行函询，他全盘否认。由

| 失足之戒

于证据不足,核查一时进行不下去。

正当此时,我这位"贤妻"临门一脚,把躲在幕后的他踹到了台前。

我全都交代了。这些年,我帮周逆干的事。他谨慎,爱惜羽毛,不愿脏了自己的手,而我,就是他的经纪人、白手套。

最后,办案人员问我还有没有遗漏什么。我想了想,说:"周逆秘书的账户里存有虚开发票套取的8万元,我们的女儿马上回国了,这个是给她准备的零花钱,以便我一打电话,能马上提出钱来。"

说到孩子,我潸然泪下。

从小锦衣玉食的她,该怎样适应以后的人生?

如果当初,周逆第一次让我替他收钱时,我坚决拒绝。

如果当初,周逆第一次让老板掏钱给我买名牌包包时,我就说不要。

如果当初,我管一管周逆的私生活,不给他在外面风花雪月的机会。

如果,当初……没有如果,当初也回不去了。

后来,我看到了周逆写的忏悔书。其中提到了一句:"我己身不正,带坏家风,与妻子开'夫妻店',搞全家腐,最终全家覆……"

贪污罪、受贿罪、滥用职权罪、重婚罪……一样样罪行，等着他用一生去赎。

而我也一样。他的手铐，有我的一半。

插图：成都市温江区纪委监委

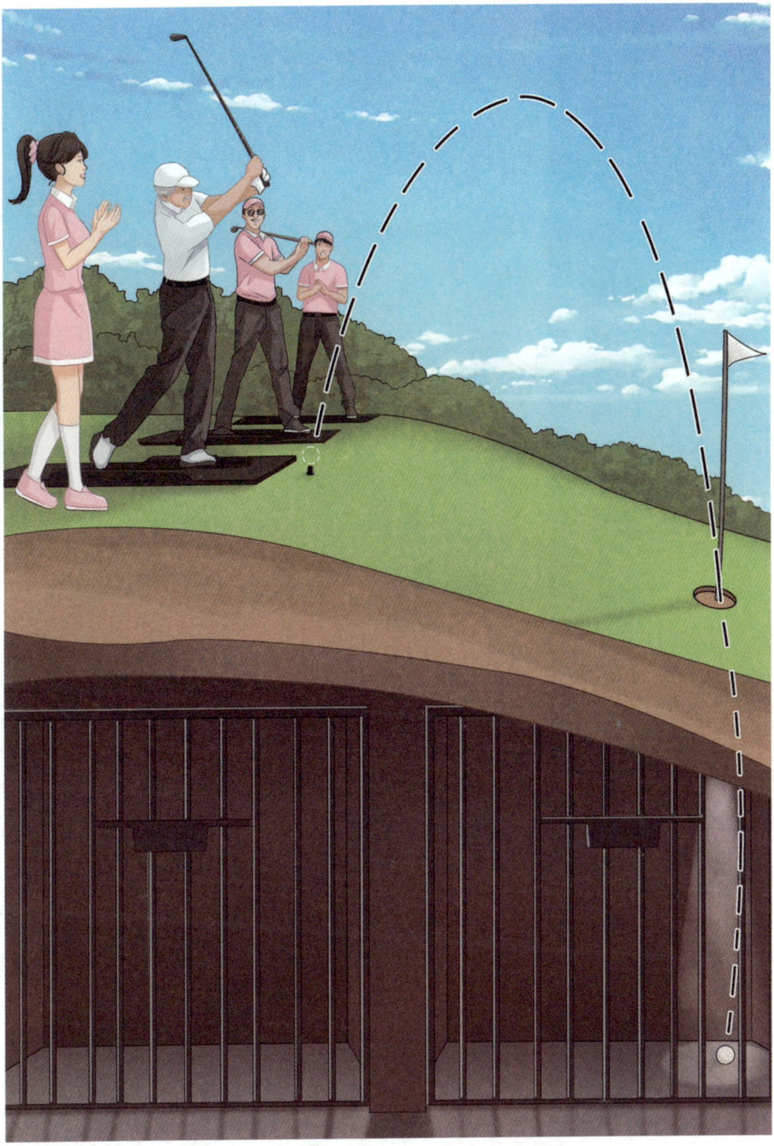

球

晚上六点,奥纳高尔夫粉衫小队的微信群炸了。

"号外号外,上官哥一杆进洞了!"

"太牛了!!!"

"膜拜!"

"上次蓝 Tee 打了 70 杆,这次直接一杆进洞,逆天了!"

"按照老规矩,上官哥要请吃饭啦。"

过了一会儿,所谓的"上官哥"发来一个高档餐厅的地点,"七点,大家都来。"

奥纳高尔夫粉衫小队共有二十五人,都是奥纳的老会员。他们经常在一起打球,慢慢形成了一个小团体。这个团体有个规矩,就是要穿粉色的球衣,女穿粉显娇嫩,男穿粉显贵气。故而叫粉衫小队。

上官某是粉衫小队的领袖,技术最牛,圈里最津津乐道的就是有一次他打了金 Tee 标准杆，大家都说他可以挑战职业球员了。

晚宴上，队友们兴致盎然，不亦乐乎。这些队员，有做金融的，有做保险的，有做地产开发的，还有倒卖雪茄的，都是有钱人。推杯换盏间，也完成了业务交流。

上官某坐主位，有胜地产开发公司的老板方总坐他旁边。方总唉声叹气，一副生无可恋的表情。C 银行李经理问他："方总，这次输得惨吧？"

"那可不！"方总语气夸张地大声抱怨，"我运气太差，一杆木打到沙坑里，切了三次才上果岭，直接爆杆了！输了上官哥 6 杆，6 万块啊！"

上官某笑了笑，端起酒杯，"方总，下次我教教你沙坑切球。"

方总连忙双手端起酒杯，和上官哥碰了，"谢上官哥，小鸟、老鹰、信天翁啥的，你都教教我呗。"

众人大笑。

吃完饭，队友们要合影。上官某默默退至一边。

队友们也习惯了，上官哥从来不拍照，更不和队友合影。他似乎很厌恶镜头，有一次他打球的时候，有个队友拿出手机要拍，他脸色一沉，"不要拍。"

队友尴尬地收起手机。

上官某的确是个神秘人物。职业不明，性格内敛，喜怒不形于色，彬彬有礼，却有种让人难以亲近的距离感。

可队友们依然热情地围在他周围，方总、洛董几个商界大佬，在他面前就像小弟。由此推测这位上官哥不是凡人。他是那种活在大家口口相传的故事中的大人物。

粉衫小队的这帮人还喜欢赌球。通常一杆一万块，总是上官哥赢多，"小弟"们赢少。有一次洛董打了个小鸟，高兴得不行，哪知上官哥谈笑间一杆木直接打上果岭，再推一杆，结束战斗。

|失足之戒

十八洞下来，洛董多了十八杆，输了十八万元。
没人玩得过上官哥。

当我们的镜头对准上官某时，他习惯性地别过脸去。在我们的提示下把脸转回来，依旧不愿直视镜头。

我说："您请放松，今天，我们就随便聊聊。"
"你想聊什么？"
"聊聊您喜欢的话题，比如，高尔夫？"
一听到高尔夫球，上官某的双眸倏然一亮。
"你具体想听什么？"

"随便,就聊聊天。"

"我退居二线之后,觉得再拼没什么意思了,人生就到这个高度了。"他眯起眼,回忆往昔,"有一段时间特别空虚。恰巧来了个姓方的老板,说要带我去海南散散心。他说,人生不是只有工作,您该看看不一样的风景。我就跟着他去了海南。在那里一待就是大半个月,晚上泡在歌厅,白天泡在高尔夫球场。我是很有天赋的,他们都么说。我上手很快,但很快也上了瘾,一天不摸球杆就难受。后来回到省里,我的心却留在了海南的高尔夫球场。那玩意儿上瘾啊,你平时打吗?不打?那就不懂高尔夫的魅力。"

"有什么魅力呢?为什么那么多人都上瘾?是因为绿草如茵环境好?还是为了欣赏球童美女?还是为了交际公关?"

"这些原因也有,但对我来说,都不是主要的。我是真的喜欢这项运动,我喜欢挥杆前的运筹帷幄,喜欢挥杆时的杀伐决断。球飞出去之后我根本不看,我知道它会稳稳落在最漂亮的位置,胜券已经在我手中,那种掌控感,让我找回了当年身为一方主官奋力拼搏的感觉。高尔夫让我进入一种心流状态,心流状态你听说过吗?极度专注于一件事物,忘却身外之物,忘却纷纷扰扰。"

"可是，就算你自己想得纯粹，你身边的球友呢？他们就没有别的心思？"我问他。

"这个……很难避免。那时候也有人说我天天来高尔夫球场苦练技术，是为了赌球赢钱。笨蛋。那些老总都让着我呢，我能看不出来？但他们愿意带着我'快乐'，我能回报就回报一点，权力不用过期作废。我就斡旋了一下，帮姓方的和姓洛的拿下了茗山高尔夫球场的开发权。我知道，这是绝对违规的，国家明令禁止的，但我那时候没意识到问题的严重性，满心想的就是茗山风景好，地形复杂，打高尔夫球应该有别样的感觉。"

"我喜欢在不同的地方练球。不同的地方有不同的气候、地形、植被。我那时候存了二十多张会员卡，北京的，上海的，杭州的，珠海的，三亚的，成都的，新疆的……集齐了七龙珠。我经常和老板朋友打飞的满世界跑。今天在北京打，明天就到了新疆。打完球，他们问我感觉怎么样，我说挺好。他们就递过来一张卡，说上官哥你有空就来耍耍。其实那时候市里的清卡工作已经做了两波了，我象征性地交了两张余额快用尽的卡。剩下的卡余额有700多万元，锁在保险柜里，它们是我的命，我怎么舍得交出去。"

"事到如今,你恨那些带你打高尔夫球的老板吗?"

他想了一会儿,摇摇头:"我掌控了高尔夫球,那颗小小的球也掌控了我。"

他抬起胳膊用袖子擦汗,手上一对银手镯闪闪发光。

一年前,茗山高尔夫球场被中央环保督察组指出违规开发、严重破坏生态环境,处理了一批领导干部,在球场开发过程中斡旋的上官某也在其中。他被抓时,还在球场苦练球技,曾经环绕身边的队友们一个个都不见了,只有他孤零零一抹身影,在阳光下无所遁形。

我们离开监狱时,狱警说这个上官某球瘾真是大,每次放风时就见他躲在人少的地方做挥杆动作。我想象着那个场景,已经想好了这部警示教育片的标题:

《被小球击倒的"大人物"》。

插图:成都市双流区纪委监委

图书在版编目（CIP）数据

失足之戒／子琰著．—北京：中国方正出版社，2024.6.—（方正廉洁文学系列）.—ISBN 978-7-5174-1363-9

Ⅰ．I247.7

中国国家版本馆 CIP 数据核字第 2024DY5349 号

失足之戒

子 琰 著

责任编辑：崔秀娟
责任校对：周志娟
责任印制：李惠君

出版发行：	中国方正出版社
	（北京市西城区广安门南街甲 2 号　邮编：100053）
	编辑部：（010）59594654　出版部：（010）59594625
	发行部：（010）66560936　门市部：（010）66562733
	网址：www.lianzheng.com.cn
经　销：	新华书店
印　刷：	保定市中画美凯印刷有限公司
开　本：	880 毫米×1230 毫米　1/32
印　张：	6.5
字　数：	104 千字
版　次：	2024 年 7 月第 1 版　2025 年 2 月北京第 4 次印刷

（版权所有　侵权必究）

ISBN 978-7-5174-1363-9　　　　　　　　　　定价：30.00 元

（本书如有印装质量问题，请与本社发行部联系退换）